수석교사(首席敎師) 수업 톡(Talk)

강신진 유덕철 장양기

대한민국 교사를 위한

교수 연구활동 지원 기본 교양서

BOOKK

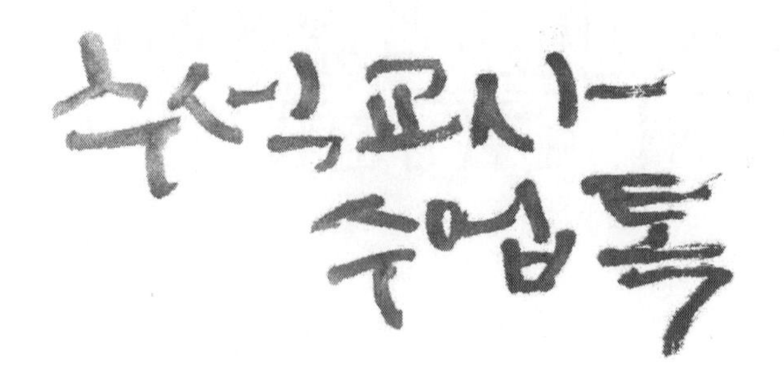

저 자 | 강신진 유덕철 장양기
캘리그라피 박혁남

발 행 | 2023년 1월 11일
펴낸이 | 한건희
펴낸곳 | 주식회사 부크크
출판사 등록 | 2014.7.15.(제2014-16호)
주 소 | 서울특별시 금천구 가산디지털1로 119
(SK 트윈타워 A동 305호)
전 화 | 1670-8316

ISBN | 979-11-410-1051-5
www.bookk.co.kr

차 례

1장 우리가 공부는 왜 하지?

2장 동상이몽의 수업 현장 이야기

3장 내 일은 내일(來日)이다

4장 대한민국의 꼰대교사 희망을 보다

5장 우리나라 수석교사 제도

6장 [부록] 수석교사

월류봉(충북 영동)

들어가며

유·초·중·고등학교에는 교장, 교감, 수석교사, 교사, 행정직원 등의 교직원이 학생들의 교육을 담당하고 있다. 이들 중에 수석교사는 모든 학교에 근무하지 않고 있어 수석교사가 없는 학교도 많이 있다.

이 책은 그동안의 수업 컨설팅 및 수업 경험을 바탕으로 학교 현장에서 교육하면서 우리나라 교육이념과 공부의 의미에 대하여 생각한 부분을 기록한 내용이다. 또한 미래 교육의 방향, 교사의 역할과 수업 전문성에 관한 내용과 수석교사 제도 의미와 현황 등을 정리한 책이다.

공부의 진정한 의미는?

대한민국 수석교사 제도 의미는?

미래교육과 방향은?

교사는 수업과 교무(校務)업무, 담임 등을 담당하며, 수석교사는 수업도 하지만 저경력 교사들의 수업 컨설팅과 연수 및 교수학습 자료 개발·제공하는 역할을 한다.

학생들을 가르치는 유·초·중·고등학교의 많은 선생님이 행복한 학교생활이 이어지도록 기대하며 이 책을 썼다.

나의 마음은 The Beatles 'Let it Be~'

책을 쓰면서 교직 생활을 다시 한번 돌아볼 수 있는 마음으로 경험한 작은 부분을 제시했다.

우리나라 교육의 미래 희망을 바라며, 아름답고 행복한 학교에서 학생을 가르치는 선생님께 이 책을 드립니다.

선생님이 자랑스럽습니다.

대한민국의 미래 인재 양성하는 선생님의 노고가

대한민국의 미래이고, 희망입니다.

2023년 1월 자유공원에서

강신진 장양기 유덕철

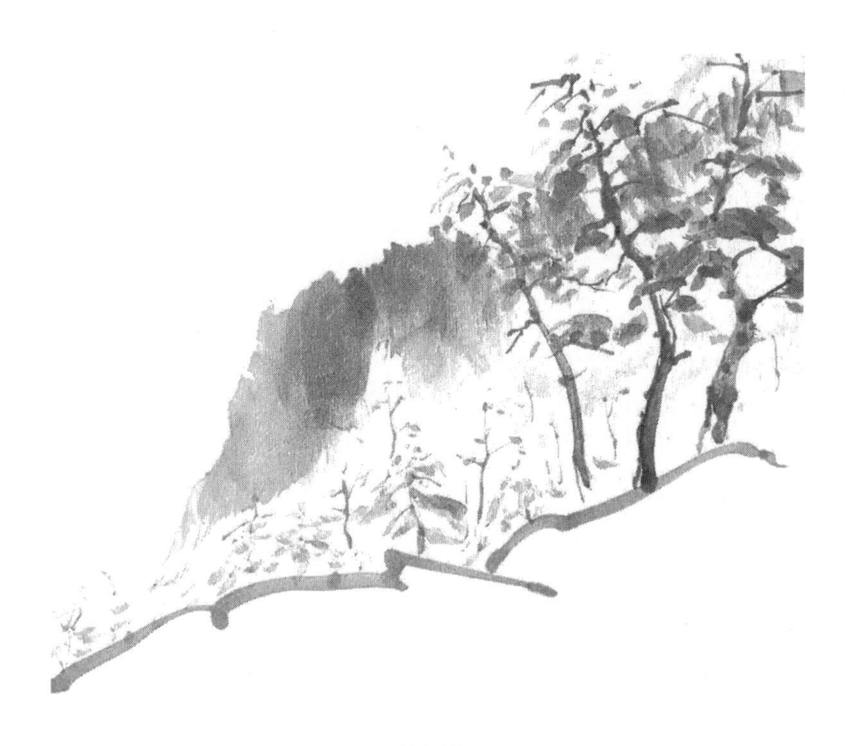

계룡산

어제

가르친 그대로

오늘도

가르치는 건

아이들의

내일을

빼앗는 짓이다.

존 듀이(John Dewey)

문경새재 1관문(경북)

1장

공부는 왜 하지?

1장 공부는 왜 하지?

1. 가르치고 배워야 하는 게 무엇인가?
2. 앎이란 무엇인가?
3. 왜 공부 해야 하나요?
4. 학문이란 무엇을 배우는가?
5. 기술은 세상을 바꾸는가?
6. 교사는 전문가로 인정받는가?
7. 학교는 무엇을 하는 곳인가?
8. 진정한 공부는 어떻게 하는가?
9. 요람에서 무덤까지 무엇을 할까?
10. 미래 진로는 어떻게 될까?
11. 아름답게 사는 것?

1장 공부는 왜 하지?

공부는 왜 하지?
학교 교육을 생각해보고 공부 의미를 살펴본다.

배움의 진정한 의미와 공부 목적을 알아보고,
우리의 삶과 공부 관계를 다룬다.

요람에서 무덤까지 공부하는 평생학습 시대이다.
학교 문화와 학생 미래 진로를 생각해보고,
교육의 목적이 무엇인지 관련 내용을 살펴본다.

노송

1. 가르치고 배워야 하는 게 무엇인가?

교육이란 무엇인가?

교육(education)의 사전적 의미는

'인간의 가치를 높이는 과정 혹은 방법'이란 뜻으로, 라틴어의

'educatio'에서 유래했다.

'내면의 것을 끌어낸다.'라는 의미다.

인간 안에 잠재되어 잠자고 있는 능력을 이끄는 게 교육이다.

우리나라는 이제 선진국이 되어가고 있다. 교육은 주입식 교육도 필요하다. 다만 개인의 능력을 찾아 이끄는 경험을 제공하는 다양한 내용의 교육이 필요한 시점이다.

아인슈타인은 "교육의 목적은 인격의 형성에 있다. 교육의 목적은 기계적인 사람을 만드는 데 있지 않고 인간적인 사람을 만드는 데 있다. 또한 교육의 비결은 상호존중의 묘미를 알게 하는 데 있다. 일정한 틀에 박힌 교육은 유익하지 못하다. 창조적인 표현과 지식에 대한 기쁨을 깨우쳐주는 것이 교육자 최고의 기술이다."라고 말했다.

교육을 깊게 생각하게 한다.

모르는 것을 알았을 때 느끼는 깨달음이다. 앎에 기쁨을 배움에 만족을 주는 게 교육이다. 학생의 잠재 능력을 꺼내어 기르는 게 진정한 교육이다.

교육 목적은 인격 형성에 있다는 것을 강조한다.

오늘날 우리나라 교육기관은 교사도 학생도 행복하지 못한 것이 현실이다. 여러 가지 이유가 있지만, 오늘날 입시 위주 교육이 주원인이다. 학교는 인간의 기본을 가르치는 곳이다. 국민 모두 교육의 본질을 회복해야 할 때이다.

인성교육이 미래 교육이다.

요즘 인성교육이 점점 더 힘들어지고 있다. 학생은 이 나라의 미래 인재이고 기둥이다. 기본 질서와 규칙을 잘 지키는 게 기본이다. 학생은 기본을 지키도록 권장한다.

채근담에는 "윗사람에게 예절을 지키기는 어렵지 않으나, 아랫사람에게 예절 있게 하기는 오히려 어렵다. 윗사람을 섬기듯 아랫사람에게 예절이 바르지 않으면 표리부동한 성품으로 떨어지기 쉽다"라고 했다.

예절과 규칙을 지키고 행하는 것은 나를 더욱 돋보이게 한다. 존중해야 존중받는다. 나이는 문제가 아니다.

공자는 "예가 아니면 보지 말고, 예가 아니면 듣지 말고, 예가 아니면 행하지 말라."고 했다. 학교에서는 기본을 잘 지키는 교육을 추구한다. 교사와 학생이 신뢰하는 학교 교육을 기대한다.

예는 소중하며 가치가 있는 것이다. 과거와 현재에도 중요한 가치이며 미래에는 더욱 소중하게 지켜야 하는 법이다.

요즈음 예절을 배우려고 하지 않고 지키지도 않는 학생들이 너무 많이 나타나고 있어 안타깝다. 서로 신뢰가 무너지는 지점이 이 부분이다.

오늘날의 학생들 예절이 없다고들 걱정을 많이 한다. 교육 현장에서 터져 나오는 교사의 불만은 위험 수위를 넘어섰다. 학생들의 불만도 있다.

요즈음의 일반적인 학교에서 벌어지는 자연스러운 현상이 되고 있다. 교실의 미래가 걱정이다.

국가는 사회에서 필요한 준법을 강조해야 한다.

방송에서 예절과 올바른 규칙 준수하는 홍보가 필요하다. 학교는 기본적인 학교 생활교육의 규칙과 질서를 가르친다.

겸손과 예의 중요성을 말하고 있다. 학교는 교사가, 사회는 어른이 모범을 보이는 것이다.

다만 사회의 역할에서 '윗물이 맑아야 아랫물이 맑다'라는 것을 강조할 필요가 있다.

문경새재 1관문(경북)

우리나라의 교육기본법 제2조를 한번 살펴본다.

“교육은 홍익인간(弘益人間)의 이념 아래 모든 국민으로 하여금 인격을 도야(陶冶)하고 자주적 생활 능력과 민주시민으로서 필요한 자질을 갖추게 함으로써 인간다운 삶을 영위하게 하고 민주국가의 발전과 인류공영(人類共榮)의 이상을 실현하는 데에 이바지하게 함을 목적으로 한다”라고 규정한다.

교육의 목적이자 우리나라 교육이념이다.

교육기본법에 존재하는 교육이념 홍익인간(弘益人間)을 제대로 실천할 때이다. 홍익인간은 “널리 인간 세상을 이롭게 하라.”라는 개념이다. 모든 사람이 더불어 행복하게 살아가는 뜻이다.

홍익인간은 우리나라 교육의 정체성이다.

홍익인간 교육을 더욱 충실히 해야 한다고 외친다.

홍익인간은 우리나라 교육이념이며, 지구촌을 생각하는 세계평화 교육의 주춧돌이다.

나에게 홍익인간은 무엇인가?

기본을 잘 지키며 가르치고 배우는 대한민국 홍익인간 교육이념을 실천하는 국민이 되길 기대한다.

해인사 입구 길상암(경남)

2 앎 이란 무엇인가?

공자는

“子曰, 知之爲知之 不知爲不知 是知也(자왈, 지지위지지 부지위부지 시지야) 아는 것을 안다 하고, 모르는 것을 모른다고 하는 것, 이것이 곧 아는 것이다”라고 제시했다.

공부는 무엇인가 부족한 것을 배우는 것이다. 모르면 답답하고, 궁금하고 걱정된다. 모르면 배우는 게 당연하지만, 공부는 누구나 관심이 있는 것은 아니다. 배우면 배울수록 부족함을 알게 된다. ‘모르는 게 약이요 아는 게 병이다’라는 속담이 있다.

이 세상을 살아가면서 하고 싶은 것만 하고 살 수는 없다. 인생 삶에서 하기 싫은 것을 할 때도 너무나 많다. 하지 말아야 할 것을 할 때도 있고, 해서는 안 될 일이 있게 마련이다. 이것을 제대로 구별하여 삶을 사는 게 지식이고 지혜이다.

이 일은 무엇일까요?

이 일은 나에게 작은 일이나 큰일이기도 합니다.

이 일은 내가 하기에는 매우 쉬운 일입니다.

그러나 하고 싶은 일이기도 하며, 하기 싫은 일이기도 합니다.

이 일은 가볍게 여긴다면 후회하는 일이기도 합니다.

이 일은 당신이 하는 대로 그저 따라가는 일 입니다.

이 일 때문에 나를 좌지우지 할 수 있는 일이기도 합니다.

따라서 이 일은 기뻐하거나 슬퍼하는 일의 반복입니다.

이 일은 뿌듯함을 주기도 하며, 자신감을 가지게 합니다.

이 일은 평생 하는 일입니다.

이 일은 위대한 일이고 대단한 일입니다.

이 일은 배우기도 하며 가르치기도 하는 일입니다.

그러므로 이 일은 미래에 가치가 있는 일입니다.

이 일은 무엇일까요?

이 일은 공부(工夫)입니다.

배우고 가르치고

오늘도 무사히
지금도 감사하게
내일도 그러하길 바라며
나는 지금도 수업하는 교사이다.
오늘도 가르친다.

오늘도 감사히
내일은 행복하게
날마다 그러하길 바라며
나는 항상 가르치며 배우는 학생이다.
지금도 배운다.

수업을 즐기며
그때그때
학습활동을 함께한다.
그저 묵묵히
배우고 가르치는
선구자다.

문학산(인천)

3. 왜 공부해야 하나?

리는

가정과 학교에서 어릴 때부터 기본적인 말하기, 듣기, 읽기, 쓰기, 셈하기 등을 하며 지낸다..

우리가 음식을 만들어 먹고 취미로 독서도 하고 영화도 관람하고 노래도 부르며 운동도 한다. 멋지게 그림을 그리는 일, 맛있는 음식을 만드는 일, 부모로부터 예절을 배우고 지키는 일,

이 모든 것이 삶에 반드시 필요한 진정한 공부에 해당한다.

공부는 생활이며, 인생의 동반자이다.

공부는 삶 자체이다.

공부(工夫, study)는

"학문이나 기술을 배우고 익히는 것" 사전적인 의미이다.[1]

오늘날 학교에서 하는 교육은 공부(工夫)라는 말로 통한다.

이것이 정답일까?

오늘날 유치원부터 초·중·고·대학교에서 하는 교육을 공부라 하며 학생들은 열심히 공부한다. 틀린 말은 아니다. 이것은 하나만 알고 둘은 모르는 현상이다.

학생들은 학습의 과정과 시험을 보는 내용을 공부한다고 하고 시험 준비하는 것을 공부라고 여긴다. 학교에서 배우는 공부를 말한다.

시험 치르기 위해 공부하면 그것이 진정한 공부인가?

시험을 안 보면 대부분 공부는 안 한다. 그렇다고 시험을 없앤다고 학생과 교사에게 이익이 있겠는가?

학생에게 어떤 도움이 될까?

이런 공부 왜 하지?

---

1) https://namu.wiki/w/%EA%B3%B5%EB%B6%80

사람은 교육을 통해 변화하고 성장하며 어른이 되는 것이다.
교육은 알고자 하는 자신의 관심과 흥미가 매우 중요하다. 학습은 자신의 의지와 자기 주도성이 뛰어난 사람이 잘하게 된다. 학습은 평생토록 하는 것이다. 배우고 익히는 것 평생 해야 한다. 좋아하는 것을 잘한다면 금상첨화이다.

우리의 삶은 곧 공부다.
일상생활에서 모든 것이 인격 형성에 도움이 되는 공부이다.
공부는 내가 잘 할 수 있는 것을 찾는 보물찾기 게임이다. 무엇이든 관심 있는 분야의 적성과 흥미를 찾는 일이 중요하다. 공부 열심히 해서 내 인생 어떻게 바뀔지는 아무도 모른다.
지금 공부하기로 마음먹었다면 작게라도 변화하는 것이다. 포기하지 말고 끝까지 하는 것이다.
Naver Give Up

인생 자체가 공부이다.
세상을 배우는 공부가 진짜 공부다.
평생 배우고 익히는 학습을 해야 한다.
교육은 한 사람을 변화하게 하며 사회인으로 성장하게 돕는 것이다. 교육은 국가의 미래이다.

공부 잘하고 싶다?

공부는 배우고 익히는 것이며 배운 것을 실천하는 것이다.

모르는 것을 새롭게 아는 일이 진정한 공부이다. 공부가 생각처럼은 하기가 쉽지는 않다. 억지로 공부해야 하는 공부 말고 내가 정말 배우고 싶은 것, 알고 싶은 것, 해 보고 싶은 것을 공부하면 더욱 가치 있다. 공부는 한 만큼 이익이다.

공부는 함께 하는 것이 진정한 공부이다.

지금 내가 원하는 것은 무엇인가?

무엇을 하고 싶은가?

무엇을 알고 싶은가?

누구나 다 공부 잘하고 싶다. 단지 동기와 호기심과 노력의 차이가 있을 뿐이다. 모르는 것을 알고자 하는 호기심이 중요하다.

호기심은 목마름을 해결하는 시원한 물이다. 호기심은 배움을 즐겁게 할 수 있고 끝까지 하게 만드는 원동력이 된다.

공부의 즐거움을 누리게 하는 게 놀이이다.

놀면서 터득하는 것이다. 궁금해야 하는 호기심이 공부의 기본이다. 무엇을 잘 할 수 있는 분야는 자신감이 생긴다. 지지와 격려가 필요하다.

요즈음 공부의 해석이 제각각이다.

학교에서 공부를 잘한다는 것은 '시험 점수가 높다.', '성적이 우수하다'로 의미하는 경우가 많다. 영화 제목 '행복은 성적순이 아니잖아요'라는 내용이 떠오른다.

학교에서 배우는 공부가 교육의 모든 것은 아니다. 공부가 인생의 전부는 아니라는 것을 대부분 알고 있다. '점수를 잘 받는 것이 공부다', '좋아하는 것을 제대로 배우는 게 공부다', '잘하는 것을 찾아서 하는 게 공부다'라고 한다. 모두 맞는 말처럼 들린다. 그렇지만 정답이 될 수 없다. 그러나 공부 열심히 해서 좋은 성적을 유지한다면 나쁠 이유는 거의 없다.

나는 무엇을 하는 사람인가?

공부는 왜 하지?

독서를 하거나 영화 감상을 하거나, 신문 기사를 읽는 일, 요리를 하는 일, 그림을 그리는 일, 운동하는 것이 공부다.

세상에 배울 게 너무나도 많다.

여러 가지 지식을 쌓기 위해 끊임없이 공부한다. 이러한 것들이 나중에 어떻게 도움이 될지 현재는 모른다. 진짜 공부는 세상 공부다. 학교 공부는 세상을 향하는 첫 발자국을 디디는 것이다.

공부를 재미있게 하는 사람도 존재한다.

공부는 재미만으로 하는 게 아니라 한 분야의 전문가 되려고 하는 것이다.

물은 100도에서 끓는다는 사실을 모두 알 것이다. 그러나 끓기 바로 직전까지는 변화가 거의 없다. 99도에서 마지막 1도를 넘기지 못하면 물이 끓지 않는다. 물을 끓이는 건 마지막 1도이다.

원하는 바 간절함이 더해진다면 자신이 원하는 것은 반드시 얻을 수 있다. '하면 된다', 생각하고 노력하면 이루어지는 것이다.

공부를 많이 하면 할수록 부족함을 느끼고 이 부족함이 공부하게 만든다. 공부는 하면 할수록 더 공부하게 된다. 이것은 진리에 가깝다. 무엇을 아는 재미를 느낀다.

지식을 알아갈수록 부족함을 알게 되고 부족함을 알게 되면 지혜롭다는 것을 이해하게 된다.

요람에서 무덤까지 공부하는 것이다.

공부는 나 자신을 소중히 여기는 힘이 되고 자산이 된다. 공부가 당장 잘 안되더라도 꾸준하게 노력하면 충분히 좋은 결과가 생긴다. 공부에는 정답이 없다.

공부에 왕도는 없다, 다만 공부에는 정도에 이르도록 꾸준한 노력은 필요하다.

공부는 지행일치(知行一致)요 공부는 지행합일을 추구하는 것이다. 세상에 이바지하는 공부가 참 공부이다.

한마디로 말하면 공부는 평생 하는 것이다. 살면서 모르는 것을 배우는 게 공부다. 인생은 평생 공부하는 삶이다.

삶에서 배우는 모든 것이 인생 공부이다.

공부는 앎이요, 공부는 삶이다.

앎은 곧 삶이고 행함이다.

삶은 곧 앎을 행하는 것이다.

공부해서 남 주는 게 진정한 가치 있는 공부이다.

공부 제대로 하자.

공부는 왜 하지?

공부는 왜 하지?

어릴 때는 부모가 시키니까 공부하게 된다.

스스로 하는 경우도 있지만, 대다수는 수동적으로 공부한다. 유·초·중·고·대학교 공부는 학교 공부를 말한다. 공부하면서 주변 친구들과 경쟁하게 마련이다. 다른 사람과 경쟁에서 이기는 방법은 따로 없다. 자신을 극복하는 과정이다, 나를 이기면 성장하게 된다.

공부의 특별한 비법이다.

자기 스스로 자기 주도적인 학습 능력 습관이 중요하다. 꾸준하게 노력하는 것이다. 공부는 매일매일 꾸준하게 하는 게 중요하다. 모든 학생이 공부를 잘하게 할 수는 없다. 그렇지만 최적의 시설과 환경 조건에서 최적의 교육을 기본적으로 가르치도록 해야 하는 게 오늘날 의무교육 되어야 한다.

교육의 의무이고 의무교육은 기본교육이다.

학교에서는 왜 가르쳐야 하는지, 무엇을 배우고 익히는지를 공정하고 공평하게 가르쳐야 한다. 자기 주도성이 없으면 협력하고 보충하도록 교육해서 기본을 제대로 알아야 하는 것이 의무교육이 아니겠는가?

대학에서는 진리를 탐구한다는 학문적인 공부와 취업을 위한 공부이다. 석사 과정 박사과정 공부도 곧 취업과 연관되는 공부가 대부분이다. 취업을 위한 공부는 진로를 위한 공부이다. 보수가 많은 직종이나 기업이나 관공서에 우선 관심을 두게 마련이다. 취업 경쟁의 시작이다. 사회인으로 직장인으로 출발점이다.

직업을 가지는 직장에서는 공부는 끊임없이 지속된다. 어른이 된다는 것은 생존 공부이다. 인생 공부가 시작되는 것이다.

공부는 그저 삶과 떨어질 수 없는 자석이다. 직장인이 되어도 나를 성장시키는 평생 공부를 하는 것이다. 이것이 세상에 이바지하는 홍익인간의 삶이다.

우리나라의 교육이념인 홍익인간을 다시 생각한다.

공부 제대로 하자.

공부해서 남 주는 게 진정한 가치 있는 공부이다.

공부는 앎이요, 앎은 곧 삶이고 행함이다.

삶은 곧 앎을 행하는 것이다. 행함의 가치가 크다.

공부(工夫)

공부(工夫)는
학문이나 기술을 배우고 익히는 것이라네
학교 공부가 있고 인생 공부가 있네
마음가짐은 간절하게, 딴생각 말아야 하며
집중해야 한다네

진정한 공부는 무엇인가?
진정한 공부는 사람을 존중하는 공부
자연을 살피는 공부, 세상을 밝게 하는 공부
세상을 맑게 하는 공부
더불어 함께 돕는 게 공부라네
사는 것 자체가 다 공부라네

무엇을 위하여 공부하나?
세상을 향하는 가치를 위하여
공부는 평생 하는 것이라네

명지산 갈대밭(경기도)

4. 학문이란 무엇을 배우는 것인가?

논어의

옹야편(雍也篇)에는 "(知之者 不如好之者, 好之者 不如樂之者, 지지자 불여호지자, 호지자 불여낙지자)"가 있다. 이는 '알기만 하는 사람은 좋아하는 사람만 못하고, 좋아하는 사람은 즐기는 사람만 못하다.'라는 뜻이다.

무엇인가 알려고 하는 공부는 즐겁다. "학문을 아는 자는 이를 좋아하는 사람만 못하고, 학문을 좋아하는 자는 이를 즐기는 자만 못하다"라는 의미다. 새롭게 도전하고 싶은 마음가짐이 우선이다. 공부해야겠다는 생각과 실천이 중요하다. 생각을 바꾸면 행동이 바뀌고, 행동이 바뀌면 결과가 달라진다고 한다.

학문 언제까지 하지?

학문의 사전적 정의다.

학문(學問, Academia)은 "과거의 모든 사건과 일 중에서도 지식적인 부분들만 정리해 놓은 지식 체계이다"로 정의하고 있다.

학문을 익히기 위해선 지식을 다른 사람과 사물, 기록과 경험으로부터 얻어 배우고 이를 익혀서 체득하는 과정을 거친다.

학문은 교육을 통해 얻어질 수도 있지만 스스로 탐구하는 방법으로도 이루어질 수 있다. 지식과 기술, 가치를 얻기 위해 노력하고 이해하는 것이 필요하다.

명심보감 권학편에 있는 "少年은 易老하고 學難成하니, 一寸光陰이라도 不可輕(소년 이로 학난성 일촌광음 불가경)하라"라는 문구다. '소년(少年)은 쉽게 늙고 학문(學問)은 완성(完成)하기가 어려우니, 짧은 시간도 가벼이 여겨서는 안 된다'라는 깊은 뜻이다. 학생 시절은 빨리 지나가니 배우고 익히는 시간을 헛되이 보내지 말라는 의미다. 철부지 시기는 이것을 제대로 알지 못한다.

Time is money.(시간은 돈이다.)

학문의 세계는 넓고 크다. 오늘날은 인문학, 사회학, 과학 등으로 다양하게 표현한다. 학문은 시대의 변화에 따라 새롭게 변화하고 있다.

과거에는 진리 탐구라 하고 경전을 읽고 토론하고 이치를 깨달음을 중시했다. 학문의 목적이 수신제가(修身齋家)라고 해야 할 정도였다. 그래서 학문을 닦는다고 했다. 옛날 사람들은 소학(小學)에서 일상에 필요한 기본인 예절을 모두 배웠다.

수신제가치국평천하(修身齊家治國平天下).

'먼저 자신의 몸과 마을을 닦고 집안을 가지런하게 한 다음 나라를 다스리고 천하를 평안하게 한다'라는 뜻이다. 자신을 수양하고 깨달음을 얻는 공부를 실천하는 의미다. 자신을 깨끗하게 닦는 데서 출발한다. 나의 작은 행동을 바르게 하고 가정에서 바르게 모범을 보이는 게 중요하다는 의미다. 최근에 이 말은 자신을 잘 살펴보라는 기본을 강조하는 말이다.

기본이 수신이다.

현대사회에서도 마찬가지다.

요즘 우리 국민이 더욱 실감 나게 느끼는 문구이다.

우리나라 헌법 제22조에는 다음과 같이 제시한다.

대한민국헌법 제22조

> 제22조
> ① 모든 국민은 학문과 예술의 자유를 가진다.
> ② 저작자·발명가·과학기술자와 예술가의 권리는 법률로써 보호한다.

모든 국민은 학문과 예술의 자유가 가진다. 원하는 분야 관심이 있는 분야를 배우고 익는 것이다. 우리나라는 학문의 자유가 보장된다.

학문을 배운다는 것은 유치원에서부터 초·중·고·대학교에서 지식과 기술을 탐구하고 배우고 익히는 것이다. 학생들은 학교 교육을 통해 공부하는 게 학문을 하는 것으로 생각한다. 공부는 평생토록 학습 해야 하는 것이다.

국민은 자유롭게 학문을 익히고, 국가나 사회의 발전과 세상에 이바지하는 삶을 사는 것이다. 요즈음 국민 누구나 평생학습 하는 시대가 되었다.

공부는 학문이나 기술을 익히는 것이다.

중국 순자는 “학문은 죽어서야 끝이 나는 것이다.”라고 말하였다. 학문을 익히는 일 공부(工夫)는 평생 해야 한다는 의미다.

학문은 공부이고 배우고 익히는 것이다. 학교를 졸업하면 공부가 끝이라 생각하는 사람이 많이 있다. 우리는 인생을 살면서 아는 것도 많지만, 모르는 것도 많다.

공부는 모르는 것을 알려고 하는 것이다.

공부해 뭐하지?

공부는 사람이 살아가는 데 필요한 지식과 기능을 배우고, 인간관계 삶의 태도를 바르게 익히는 것이다. 공부는 인격을 형성하며 지혜로운 삶을 사는 방법이다.

공부는 언제까지 하나?

평생 배워야 한다. 배움에는 왕도가 없다.

공부 즉 학문이나 기술을 배우고 익히는 것을 꾸준하게 늘 해야 한다. 공부는 요람에서 무덤까지 하는 것이다.

4차 산업 혁명 시대이다. 창의성이 더욱 중요한 시대이다.

이제는 생각과 상상을 표현하는 백문불여일견(百聞不如一見)이요, 백견불여일행(百見聞不如一行)의 시대이다.

공부의 본질은 나의 성장에 있다.

인생을 살면서 필요한 것을 배우고 익히는 게 진짜 공부이다. 보고 듣고 질문하고 경험하는 게 진짜 공부다. 배우고 익혀 사회에 기여하는 것이 가치있는 공부다. 우리의 삶은 영원한 것이 아니다. 시간은 정해져 있다. 지금 소중하게 사용해야 한다.

명예를 위해, 소득이 많은 직업을 위해, 성공하기 위해 부족한 것을 쌓는다. 학문을 배운다는 것은 지식을 배우는 것이다.

지식은 지혜를 쌓고, 지혜로운 삶은 곧 배움이고, 배우고 익히면 전문가가 되는 것이다. 오늘날 공부는 원하는 바 필요한 것을 배워서 직업을 선택하는 경우가 많다. 오늘날 공부는 미래 직업을 선택하는 데 매우 중요한 요소가 된다.

내가 이 세상에 온 이유는 무엇인가?

직업(職業)은 개인의 사회적 역할을 의미하는 '직(職)'과 생계의 유지를 의미하는 '업(業)'으로 이루어진 말이다.

전문가 되기 위하여 꾸준하게 배운다.

전문적인 능력은 해당 전문 분야 직업을 선택하여 전문가로 활동하는 데 기본 사항이다.

직업은 전문적인 일을 하며 사회에 크게 공헌하는 삶이다.

프리드리히 니체는 “직업은 삶의 근간이다”라고 말했다.

삶이 곧 일이며, 생활을 의미한다.

직업은 본인의 생계유지와 사회에 공헌하는 활동을 하게 되는 것이다.

내가 선택한 직업에서는 행복과 즐거움이 중요하다는 것을 느낀다. 공부해서 직업을 통해 자아실현을 하는 게 세상에 공헌하는 것이다. 내 인생의 주인이 내가 되는 세상이다.

내가 잘하는 분야의 학문을 배우고 익혀 세상에 이바지하는 행복한 삶이 되는 것이다.

세상에 공헌하는 대부분 직업은 크게 세 가지 중요한 의미를 지니고 있다.

첫째, 직업은 경제적인 보상을 받아 가족의 생계를 유지한다.

둘째, 이 세상 사회에 한 사람으로 공동체에 이바지한다.

셋째, 자기 만족하며 인정과 존중받는 자아를 실현하여 사회인 되는 것이다.

Learning by Doing

공부는 인간의 업(業)이다.

우리의 삶이 공부이다.
"학문이나 기술을 배우고 익히는 것"이 공부다.
공부(工夫, study)는 평생 학습하는 것이다.
공부해서 남 주는 게 가치 있는 공부이다.
세상에 크게 공헌하는 삶을 사는 게 진정한 공부이다.
이것은 홍익인간의 삶이다. 널리 세상을 이롭게 하는 것이다.

공부해서 홍익인간이 되는 것이다.

만만하니

공부가 쉬어 보이는가?
학습을 만만하게 대하는 자여
학습이 멀고도 험한 길인데
만만하게 보이니

힘들어도 이겨내고 극복해야지
대가 없이 실력이 쌓이지 않는다.
세상에 공짜는 없다
값을 치루어도 보상받기 힘든 일인데

그대여
인내하고 노력하는 자는
결과는 반드시 인정 받는다.

만만하니
실력은 댓가 치룬 만큼이다.

세상을 바꾸는 기술

대나무

5. 기술은 세상을 바꾸는가?

기술은

과학, 공학, 기능과 관련하여 다양한 뜻으로 쓰인다. 자연의 환경에서 재료를 바꾸어 편리한 생활을 할 수 있도록 변환시키는 것이 기술이다. 삶은 생활이고, 생활은 곧 기술이고 기술은 인류 문명의 발달을 가져오는 것이다.

국립국어원의 표준국어대사전은 기술(技術)은 "과학 이론을 실제로 적용하여 자연의 사물을 인간 생활에 유용하도록 가공하는 수단."과 "사물을 잘 다루는 방법이나 능력"을 말한다.

기술(技術)의 의미는 “어떤 것을 잘 만들거나 고치거나 다루는 뛰어난 능력. 특히, 그것을 얻기 위해서는 오랜 수련·학습·연구 등이 필요한 것을 가리킨다.” 넓은 의미로는 “어떤 일을 전문적으로 할 수 있는 능력을 포괄하기도 한다”로 규정된다.

일반적으로 과학이나 산업에서 다루는 ‘기술’의 의미는 영어의 테크놀로지(Technology)이다.

희랍어 테크네(technē)와 로고스(logos)를 어원으로 하는 합성어이다. 테크네(technē)는 그리스어에서 유래 되어 오늘날 무엇을 만들거나 기능(技能)이나 공예(工藝)를 가리키는 용어로 사용하고 있다.

기술은 예술이다.

기술은 무엇인가 생각하며, 만드는 방법을 행하는 것이다.

기술은 생활을 편리하게 하는 삶이다.

기술은 삶에 가치를 부여한다. 의미가 매우 넓고 크다.

기술은 사람의 필요에 따라 도구나 기계, 재료 등을 개발하고 사용하는 과정 등에 대한 일련의 지식 체계나 학문을 의미한다.

과학은 자연을 연구하는 학문으로 물리, 화학, 생물, 지구과학, 천문학 등 광범위하다.

공학은 물건 등을 만들기 위해 과학적 지식을 응용하는 연구 학문으로 기계, 전기, 컴퓨터, 건설 등 사회 전 분야에 밀접한 관련이 있다.

과학과 공학은 기술을 발전시키는 원동력이 된다.

기술은 우리 삶을 편리하게 하지만 불편을 초래하기도 한다.

인간과 환경을 위하는 기술이 가치가 높다.

교육부는 2015 개정 교육과정에서 "인문학적 상상력과 과학기술 창조력을 갖추고, 바른 인성을 겸비하여 새로운 지식을 창조하고 다양한 지식을 융합하여 가치를 창조할 수 있는 창의 융합형 인재상"을 미래 사회 인재로 제시했다.[2]

융합 교육은 왜 필요할까?

교육부에서는 미래 인재교육을 위하여 정규 교과 내용에 융합(STEAM)교육, 메이커(Maker)교육, 소프트웨어(SW)교육, 인공지능(AI)교육을 강조하고 있다. 2022년 개정 교육과정은 미래 교육을 위한 변화를 시도하려 준비하고 있다.

---

2) http://www.ncic.go.kr/mobile.revise.board.list.do?degreeCd=RVG01&boardNo=1001

융합 교육은 과학, 기술, 공학, 예술, 수학의 융합(STEAM)적 실천을 경험할 기회를 제공하며, 창의적인 융합 인재를 양성하는 데 이바지하는 것이다.

융합 교육의 기대효과는 실생활 문제를 창의적으로 사고하는 습관과 어떻게 해결할 것인지 궁리하고 해결하는 능력을 길러주게 된다. 즉, 학습 과정에서 학습에 대한 흥미, 자신감, 지적 만족감, 성취감 등을 느끼고 열정과 도전정신을 함양시키는 교육이다.

교육은 미래 사회에서 필요한 능력을 기르고 능동적인 인재를 양성하는 것이다.

기술은 우리의 삶을 풍요롭게 하며, 미래를 가치 있게 발달시키고 있다.

“공부 즉 학문이나 기술을 배우고 익히는 것” 평생 해야 한다. 교육에는 유·초·중·고등학생부터 대학생, 일반인들까지 자신의 가치를 향상하도록 관심과 평생교육 지원이 필요하다.

베이컨은 ‘아는 것이 힘’이라고 하였다. 배우면 알게 되고, 알게 되면 깨닫게 되는 것이다. 인간은 무엇인가 만드는 창작자이고 창조자가 되는 것이다. 세상에 필요한 모든 제품은 창작자에 의하여 만들어진다. 창작자가 만든 제품을 가정과 사회에서 편리하게 사용한다.

미래는 어떤 인재가 필요할까?

미래는 어떤 인재가 인정받게 될까?

2022 개정 교육과정에서 '포용성과 창의성을 갖춘 주도적인 사람'으로 성장할 수 있도록 우리 교육의 체제를 혁신하고자 추진되고 있다. '더 나은 미래, 모두를 위한 교육'으로 진행한다.

미래 교육과정은 학습자들이 디지털 전환, 기후환경 변화 및 학령인구 감소 등 미래 사회 변화에 적극적으로 대응할 수 있는 기초소양과 역량을 함양하여, '포용성과 창의성을 갖춘 주도적인 사람'으로 성장할 수 있도록 우리 교육의 체제를 혁신하고자 추진되고 있다.[3]

기술은 사회를 발달시키며 세상을 편리하게 만든다.

기술에 의한 사회 변화는 계속된다.

기술은 생활이고 삶 자체이다.

기술을 배우고 제대로 익히는 것이 공부이다.

---

3) 교육부
https://www.moe.go.kr/boardCnts/viewRenew.do?boardID=294&boardSeq=89671&lev=0&searchType=null&statusYN=W&page=1&s=moe&m=020402&opType=N

스티브 잡스는 스마트폰 개발 발표 연설에서 “애플은 인문학과 기술의 교차로에 있다”라고 선언했다. 창의적인 제품을 만드는 비결은, 상상력과 기술의 혁신이기 때문이다. 기술은 상상을 현실로 만들고, 편리한 생활을 하도록 만드는 것이다.

기술은 삶의 대부분을 차지한다. 사람을 이롭게 하는 아름다운 기술을 배워 세상에 공한하는 것이다. 무엇인가 창조하는 사람, 무엇인가 만드는 사람이 창작자이다. 누구나 세상을 가치 있게 만드는 창작자다.

기술은 상상을 현실로 만들고,

편리한 생활로 바꾸고,

사회를 변화시키고, 세상을 변화시킨다.

로켓 전문가인 로버트 고더드는 “불가능이 무엇인가는 말하기 어렵다. 어제의 꿈은 오늘의 희망이며 내일의 현실이기 때문이다.”라고 언급했다. 생각한 것을 표현하는 것이 중요하다.

미래는 기술이다.

아이디어와 상상을 현실로 만드는 것이 기술이다.

미래 교육 어떻게?

4차 산업 혁명 시대이다,

인공지능이 우리 눈앞에 나타나는 시대이다. 좋은 기술을 교육에 활용하면 교육 효과가 크다고 여기는 사람도 많이 있다. 남에게 이로운 것을 제공하는 홍익인간의 시대이다. 인류에게 감동을 주는 시대가 도래하고 있다. 학교도 변해야 한다.

변화하는 세상에 인공지능(AI)이나 메타버스(Metaverse)를 활용하는 교육의 방식도 도입해야 한다.

인공지능 로봇도 등장하고 있다. 인공지능 전문기술이 대세이다. 전문기술은 제품을 개발하거나 연구하는 분야의 기술이다. 전문기술은 명품을 제작하면 부가가치 크다. 명품을 조립하는 현장에서는 제품의 생산기술이 발전한

미래 기술은 사람을 위한 기술로 변화해야 인정받는다.

기술은 사회를 발전시킨다.

기술교육은 미래를 위하여 부가가치가 큰 교육이다.

교육은 인격을 올바르게 형성하는 과정이고, 기술은 사람을 위하는 공부다.

교육은 속도가 아니라 방향이다.

시대의 변화에 적절하게 대응하는 새로운 교육제도가 필요하다. 학생에게는 맞춤형 교육으로 꿈을 꾸게 하고 도와주는 것이다.

새로운 기술을 활용하고 변화에 대처하면 미래 사회가 더욱 발전하게 된다. 하이테크(high-tech) 하이터치(high-touch) 시대이다.

에듀테크를 적절하게 활용하는 하이테크(HighTech)시대이다.

4차 산업혁명 시대 사물인터넷, 가상현실과 증강현실, 인공지능 및 로봇 등을 활용하여 교육 분야를 발전시키는 것이다. 학생들에게 풍부한 교육 자료 제공으로 인간적인 감성을 느끼도록 인성을 중요시하도록 생각해 볼 필요가 있다.[4]

기술은 미래이다.

생각을 바꾸면 미래가 보인다.

미래를 위해 똑똑한 기술로 따뜻한 세상으로

발전시키는 것이다.

4) https://www.kyongbuk.co.kr/news/articleView.html?idxno=984647&sc_serial_code=SRN80

계룡산(충남)

누가 전문가 인가?

교사는 전문직이라고들 하던데
가르치는 전문가
무엇을 가르치나
지식과 인격을, 가치와 철학을

교육 전문가? 평가 전문가?
알고 보니
진도 나가고 평가하는 지식 전달 노동자
가치와 현실을 오고 가는 정신 노동자
늘 서서 말하는 육체 노동자
마음을 헤아려야 하는 감정 노동자

교사는
전문가인가? 전문직업인가?
그냥 Teacher이다.

노송

6. 학교는 무엇을 하는 곳인가?

대한민국 교육기본법이다.

우리나라의 교육기본법 9조 ③항에는 "학교 교육은 학생의 창의력 계발 및 인성의 함양을 포함한 전인적 교육을 중시하여 이루어져야 한다"로 되어 있다.

학교(學校)는 개인의 능력을 함양시키는 기회를 제공하는 장소이다. 학교는 학생들이 자아실현의 기초가 되는 역량과 실력 및 인성을 갖추도록 한다. 미래 사회에 진출하여 사회구성원으로서 제 역할을 다 할 수 있도록 기본을 교육하는 장소이다.

학교는 교육하는 곳이다.

가르치고 배우는 장소이다.

따뜻한 학교를 위하여

학교 교육의 목적은 인격을 함양하고 탐구하는 능력을 함양하는 것이다.

학교는 창의력을 향상하는 공간이다.

미래 인재로서 갖추어야 할 능력을 함양하는 곳이다. 학교는 융합적인 사고력과 문제 해결 능력을 체험하는 행복한 공간이다. 학교에서는 즐거움을 느끼고 자신의 잠재 능력을 키우는 기회를 제공하는 디딤돌이다. 학교는 누구에게나 배우는 것을 제공해야 한다.

학교는 놀이터이다.

학교는 학문과 기술을 배우고 익히는 미래 인재를 양성하는 놀이터이다. 친구들과 함께 꿈을 키우는 장소이다. 학교는 학생들의 세상이다. 학생들은 선생님과 함께 무엇인가 배우고 익히는 세상이다. 학교는 미래 사회의 기초가 되며, 미래 인재의 요람이다. 학교는 교실과 칠판 등 여러 교육에 필요한 온갖 시설을 갖추고 있다. 학생이 교사의 지도에 따라 지식을 얻는 형태로 교육이 이루어진다. 교과목은 매우 다양하다.

모두 미래를 위한 교육의 수단과 방법으로 존재하는 것이다.

요즈음 학교의 상황은 많이 변하고 있다.

가르치는 교사와 배우는 학생 간에는 질서가 있어야 한다. 학생들은 관계가 좋은 선생님을 잘 따르게 마련이다. 따뜻한 말을 자주 해주는 선생님은 인생의 지표가 될 수 있다. 잘 가르치는 선생님께 존경을 많이 한다.

교사는 많지만, 열정 많은 선생님이 별로 없다고 한다. 똑똑한 선생님은 많지만 따뜻한 선생님이 별로 없다고들 한다. 따뜻한 교사를 원하는 학생이 많아지고 있다. 세상을 따뜻하게 하는 교육을 생각한다.

조벽 교수의 《희망특강》 도서의 내용에서 "학생들 머리에 쏙쏙 들어가게 가르치는 교사는 삼류, 학생들 머리가 싹싹 돌아가 하는 교사는 이류, 학생들 머리가 쑥쑥 커지게 하는 교사는 일류"라고 기록하고 있다. 나에게 던지는 의미가 깨달음을 준다.

내 탓인가? 네 탓인가?

따뜻한 학교는 따뜻한 사회의 기본이 되고, 따뜻한 세상을 만드는 방법을 배우는 곳이다. 따뜻한 학생이 되도록 잘 가르쳐서 나 답게 살도록 도와주는 게 학교 교육의 본질이다.

세상에 필요한 지식과 기능을 익히고, 올바른 태도를 함양하는 능력이 필요하다. 제대로 실천하도록 좋은 학교 환경을 바란다.

학교는 환경을 아름답게 가꾸고,
교육은 사람답게 가르치는 것이다.
선생님은 어떤 사람으로 기억되고 싶은가?
배우고 가르치는 일보다 더 중한 것이 무엇이 있을까?

교사는 학생들의 미래를 위해 가르치고 있다. 교사는 학생을 존중하고, 학생은 교사를 존경하면 더 이상 바랄 게 없다. 교사는 스승으로 존중받기를 원한다. 모두가 열심히 노력하고 있다.

학교 교실은 공평하게 배우는 곳이다. 정직과 성실로 생활하는 곳이다. 교사와 학생 모두 행복한 학교생활이 되기를 기대한다.

스승을 존경하는 대한민국
학생을 사랑하는 선생님
대한민국 따뜻하고 행복한 학교를 기대한다.

학교서 살다 보니

학교에서 근무하다 보니
많이 배운 교사보다
겸손한 마음으로 헤아리는 교사가
훨씬 좋더라

교실에서 수업하다 보니
실력이 다가 아니고
학력이 다가 아닌
친절하게 행동하는 예절이 바른 학생이
제일 좋더라

학교에서 살아 온 동안
사람 귀한 줄 알고
사심 없이 긍정적인 태도로
따뜻하게 행동하는 베푸는 교사가
최고더라

북한산 인수봉(서울)

7. 요람에서 무덤까지 무엇을 할까?

베이컨

잉글랜드의 철학자 베이컨(1561~1626)은 “아는 것이 힘이다.(knowledge is power)”라는 말로 유명하다. 이는 배우고 익히는 지식은 중요하고, 이는 힘이 된다는 의미다. 나의 지식은 지혜로운 삶을 가져온다. 내가 아는 지식이 곧 재산이고 지식의 힘은 위대한 것이다. 오늘날 지식재산권을 의미한다.

지식재산권에는 산업재산권과 저작권, 신지식재산권이 있다.

요즈음에는 예술, 산업, 방송, 어문 분야 등의 지식재산권이 중요한 가치를 지닌다. 저작권이 대세이다.

『논어』에는 “태어나면서 저절로 아는 사람이 최상이요, 배워서 아는 사람이 그 다음이요, 곤란해져서 배우는 사람이 또 그 다음이요, 곤란해져도 배우지 않는 사람은 최하등이다”라고 기록하고 있다. 주변에 타고난 천재가 얼마나 되겠는가? 배움에는 시기가 없다. 평생 배움의 중요성과 가치를 표현한다.

무엇을 배우고 싶은가?

무엇을 알고 싶은가?

평생학습 시대이다.

공부 즉 ‘학문이나 기술을 배우고 익히는 것’을 평생토록 한다. 진정한 공부는 즐겁게 하는 것이다. 자신의 마음에 잠자고 있는 그 일이 꿈이다. 꿈을 이루는 게 공부다.

자신감을 가지며 끝까지 노력하는 것이다. 꿈에서 나의 삶으로 변화하는 것이 도전이고 성취이다. 내가 성장하면 나의 꿈 성공에 이르는 것이다. 세상에 배우지 않고 할 수 있는 일은 없다.

이 세상을 향해 날개를 펼칠 준비를 하는 것이다. 어떠한 환경 변화에도 꾸준히 하는 습관과 태도로 노력하며 지낸다. 우리는 평생 배우고 익히는 삶을 사는 것이다.

에디슨은 "성공을 원한다면 많은 것들과 친해져야 한다. 인내심은 당신의 소중한 친구로, 경험은 친절한 상담자로, 신중함은 당신의 형제로, 희망은 늘 곁에서 지켜주는 부모님처럼 친해져야 한다."라고 했다.

성공을 한다는 것은 끈기와 노력을 강조한 의미다.

공부는 노력의 과정이며 유용한 경험이다. 공부한 경험은 인생의 스승이다. 공부하기 싫을 때도 있다. 공부하다가 다른 생각도 많이 한다. 공부에만 집중하기엔 마음을 잡기 힘들 수도 있다. '공부의 왕도는 없다'라고 한다. 경험의 소중함을 일깨우고 있으며, 인내하고 꾸준함을 강조하는 의미다.

넬슨 만델라는 "인생의 가장 큰 영광은 결코 넘어지지 않는데 있는 것이 아니라 넘어질 때마다 일어서는 데 있다"라고 말했다. 어떤 일을 하다 보면 실수도 하고 실패도 한다. 실패 경험은 성공의 씨앗이고, 성공하려면 시도하고 도전하는 것이다.

성공은 공을 이루는 것이다.

노력의 대가를 인정받는 것이다.

성공하는 인생은 도전하는 인생이다. 도전하고 성취하기까지 운도 따르기도 한다. 성공이 운이라고 말하는 사람도 있다. 배우는 일은 성공으로 가는 지름길이 된다.

보통 사람이 된다는 것은 배우는 사람이다.

배움이라는 것은 날마다 부지런히 익히는 것이다. '배우고 익혀야 유능한 사람이 된다'라는 의미다. 공부는 자기 삶의 주인이 될 수 있다. 모르는 것을 배워서 아는 게 앎이다. 앎을 삶이요, 삶은 곧 행함이다, 배워서 남 주는 실천하는 삶이 참다운 삶이다. 배울 것은 무궁무진하다.

공부는 평생토록 하는 것이다.

'학문이나 기술을 익히는 일'을 다시 강조한다.

우리나라 학생들은 학교를 마치면 공부를 잘 안 한다. 학교에서는 지식을 배우고 익힌다. 사회에서는 지혜로운 삶을 살아야 한다. 이제는 직업을 가진 이후에도 계속 공부가 필요하다. 혹시 이직이나 전직의 경우에도 평생학습이 필요한 시기이다.

이 세상 모든 걸 배우는 게 공부이다.

배우자. 공부하자. 실천하자.

8. 미래 진로는 어떻게 될까?

우리나라

청소년들의 2022 초·중등 진로 교육 현황조사 결과는 다음과 같다. [1) 2022년 학생 희망 직업 조사 결과, 1~3위의 희망 직업은 운동선수, 의사, 교사, 간호사, 군인 등으로 지난해와 유사한 것으로 나타났다.

초등학교는 2021년 1위 운동선수, 2위 의사, 3위 교사이고, 2022년 1위 운동선수, 2위 교사, 3위 크리에이터이다.

중학교는 2021년 1위 교사, 2위 의사, 3위 경찰관/수사관 이고, 2022년에는 1위 교사, 2위 의사, 3위 운동선수이다.

고등학교는 2021년에는 1위 교사, 2위 간호사, 3위 군인 2022년에는 1위 교사, 2위 간호사, 3위 군인 차지하였다.

이런 현상은 학생 스스로 입장일까?

학부모의 입장 때문일까?

모두 생각이 다르다.

초·중·고등학교 학생들에게 적절한 진로 탐색과 진로 인식, 진로 선택의 중요성이 강조된다. 학교는 학생에게 세상의 다양한 직업에 대한 진로 역량을 길러줘야 한다.

4차 산업혁명 시대에는 정보통신 분야가 더욱 발전할 것이다.
정보통신 기술 분야로는 컴퓨터 프로그래머, 가상(증강)현실전문가 등 컴퓨터공학자/소프트웨어개발자, 인공지능(AI) 전문가, 정보보안전문가 등 인재가 많이 필요하다.

우리나라 초·중·고등학교는 진학과 진로 교육을 정규 수업 시간에 교육한다. 현재 고등학교에서는 대학의 입시가 비중이 크기 때문에 입시 위주의 교육을 하고 있을 수밖에 없다. 이제는 학교의 진로 교과 정규시간에 다양한 분야의 진로 교육의 중요성이 대두되고 있다. 이제 고교학점제가 기대된다.

학교는 인격을 형성하게 하고, 지식과 기능을 함양시키는 곳이다.

우리나라 학교는 졸업 시험도 없다. 사회에 필요한 지식과 기능을 아는지 모르는지 상관없이 일단 모두 졸업시킨다. 고등학교 성적은 대학 진학에 우선순위를 둔다. 수능시험 점수로 진학하는 경우가 너무나도 많다. 고등학교 학생들은 진학에 관심이 많고 진로는 순위에서 밀린다.

일부 학생들은 되고 싶은 것도 없고, 하고 싶은 것도 없다는 경우도 있다. 희망하는 직업이 미래에 없어지는 것은 아니냐고 비전도 없다고 걱정도 한다.

세상을 살면서 걱정해서 걱정이 없으면 걱정이 없겠다.

자신의 미래에 너무 걱정보다는 현재 나의 가치를 높이는 나를 성장시키는 나를 위한 공부를 해서 내공을 쌓는 것이 중요하다고 생각한다. 운명은 스스로 개척하는 것이다.

미래를 위해 준비를 잘하자.

미래를 위한 가장 좋은 방법은 변화하는 환경에 적응하는 일이다. 자기 자신을 개발하는 일이다.

미래 진로를 어떻게 알까?

나는 잘하는 것이 있는가?

좋아하는 것은 있는가?

하고 싶은 일은 무엇인가?

지금 예측할 수 없는 미래에 대해 불안하기는 누구나 다 마찬가지다. 자신을 이해하고, 자기관리 능력이 필요하다.

학교에서 배운 것은 사회인이 되기 위한 최소한의 것들 뿐이다. 학생에게 꼭 필요한 것을 제대로 배웠는지 확인하지 못하여 안타깝다.

이들에게 어떤 일을 하며 살아야 할지 진로와 직업에 대한 전망을 스스로 각종 기사와 서적을 참고하도록 제대로 안내해야 한다. 미래는 내공이 가득한 창의적인 인재가 인정받는다.

인생을 오래 살다 보면 할 수 있는 게 있고, 할 수 없는 게 있다. 알 수 있는 게 있고, 알 수 없는 게 있다.

알 수 없는 것은 바로 미래이다.

아무도 모르는 일이다.

나도 모르고 너도 모르고 누구나 다 모르는 게 미래의 일이다.

중국 전국시대(戰國時代) 후기의 철학자인 순자는 교육에서 특별히 '예(禮)'를 강조하였다. 그 시기나 지금이나 사람이 사는 곳은 예는 기본이다. 특히 가정이나 학교에서는 더욱 강조된다.

또한 "길이 가깝다고 해도 가지 않으면 도달하지 못하며 일이 작다고 해도 행하지 않으면 성취되지 않는다"라고 말했다.

예는 바로 인격을 의미한다. 도전과 성취는 비례하는 경우가 많다.

초등학교에서는 독서와 예절을 잘 익히도록 기초 분야 튼튼하게 교육하는 게 우선이다. 중·고등학교에서 기본적인 지식을 학습하게 하여 기본을 바로 서게 하여야 한다. 대학에서 진리 탐구 및 직업 준비를 한다. 개인의 미래 진로를 든든하게 해야 탄탄한 교육이 되는 것이다.

꿈을 이루는 가장 좋은 방법은 목표를 세우고 집중하는 것이다. 꿈과 목표는 미래 희망이다.

꿈꾸는 자 꿈을 이루는 것이다.

학생들에게 강조한다. 지금 하는 일은 중요하다. 학습하는 일에 최선을 다하라고. 학교라는 곳에서는 큰일 작은 일 구분하지 말고 모든 것을 소중하게 최선을 다해 행하여야 한다.

자신이 하고 싶은 일, 되고 싶은 일을 목표를 세워 도전하는 것은 중요하다.

교육의 본질에 충실한 교사로부터 좋은 학생이 양성되기를 기대한다. 교육의 질이 교사에게 달려 있는 이유다.

좋은 교사의 좋은 수업은 교육의 목표를 달성할 것이다. 좋은 평가는 좋은 교육과정에 있다.

좋은 학교는 좋은 학생이 만드는 것이다.

좋은 학부모는 좋은 학교를 만든다.

좋은 학교는 좋은 인재를 양성하는 것이다,

좋은 인재는 교육의 기본에 충실해야 양성되는 것이다.

미래 좋은 인재는 좋은 학교에서 양성된다.

남에게 도움 되는 나의 일이 중요하다. 나도 좋고 너도 좋고 사회에 도움이 되는 일이 가치가 크다.

나의 성장을 위하여 내공을 쌓자.

좋은 인재가 유능한 인재이다. 유능한 인재는 사회에 크게 이바지하는 삶을 살아가게 마련이다.

학교에서 독서, 다양한 경험, 진로 체험, 무엇이든지 하다 보면 배움이 된다. 보고 느끼면 알게 되고 체험해 보면 만족감과 성취감이 생긴다. 자신의 깨달음이 생긴다. 학교에서의 다양한 경험이 인생의 스승이다. 학창 시절의 경험은 추억이며 미래 진로와 직업에 크게 도움이 된다.

미래 나의 직업과 진로 멋진 일 아닌가?

나의 일은 무엇일까?

내 일은 내일(來日)이 된다.

작은 분야의 큰일을 담당하는 것이다.

홍익인간의 이념으로 세계 일류국가를 지향하며,

세상에 이바지하는 나의 일은 미래 가치가 있다.

아름답게

국가는 나라답게
교육제도는 교육답게

교육은 사람답게
학교는 아름답게
교사는 스승답게
부모는 학부모답게
학생은
잘 배워 나 답게

모두
다
아름답게

치악산 설경(강원도)

교육은

삶을 위한 준비가 아니다.

교육은 삶 그 자체다.

존 듀이(John Dewey)

무의도(인천)

2장
동상이몽(同床異夢) 현장 이야기

2장 동상이몽의 현장 이야기

1. 이 일을 한다
2. 동상이몽(同床異夢)의 현장 이야기
3. Teacher
4. 수석교사 무엇하는 선생님인가요?
5. 행복한 학교 수업을 나누다
6. 학생 생활교육 이야기하다
7. 교사 멘토링과 코칭에 대하여
8. 내 일생 바람이다
9. 학습공동체 연수 지원한다

2장 동상이몽의 현장 이야기

수석교사는 무엇을 하는 선생님인가요?

수석교사 직무 활동에 대하여 제시한다.
수석교사는 수업 공개, 수업 나눔, 학생 생활지도에 대한
정보를 제공하는 역할을 하며 교육 내용을 공유한다.

수석교사는 신규교사·저 경력 교사 멘토링,
교사를 위한 다양한 코칭을 한다.
또한 교·내외 교사 연수 일부 사례 내용을
간단하게 살펴본다.

2장 동상이몽의 현장 이야기

휴선

1 동상이몽(同床異夢)의 현장 이야기

교사는 배우고 가르치는 종합예술가이다.

교사(教師)의 사전적 의미는 "학생들을 가르치는 사람으로, 일반적으로 국가에서 정한 법령에 따라 자격증을 갖추고 학생에게 국가에서 지정한 과목, 종목의 교육 이수의 과정에서 이끌어주거나 도움을 주거나 설명을 하는 사람을 말한다.

좁게는 교육공무원으로 임용된 자 또는 교사자격증(교원자격증 2급)을 소지한 자, 국공립학교의 교원과 사립학교의 교원을 부르는 말로 통한다.[2] 교사는 전문 분야를 가르치는 직업이므로 꾸준히 노력하여 전문성을 함양해야 한다.

을왕리해수욕장(인천)

교육기본법 제2조의 교육이념이다.

대한민국의 교육기본법 제1장에 제시된 교육의 이념을 간단하게 살펴보자.

교육기본법 제1장 제2조(교육이념)

> 제2조(교육이념) 교육은 홍익인간(弘益人間)의 이념 아래 모든 국민으로 하여금 인격을 도야(陶冶)하고, 자주적 생활능력과 민주시민으로서 필요한 자질을 갖추게 함으로써 인간다운 삶을 영위하게 하고, 민주국가의 발전과 인류공영(人類共榮)의 이상을 실현하는 데에 이바지하게 함을 목적으로 한다.

우리나라의 교육이념은 홍익인간(弘益人間)의 이다.

이를 통하여 추구하는 교육의 목표는 3가지로 요약할 수 있다.

첫째, 인격의 도야(陶冶)이다.

둘째, 자질을 갖춘 민주시민의 인간다운 삶이다.

셋째, 국가의 발전과 인류공영(人類共榮)의 이상 실현이다.

공자는 논어 학이편 제1장에 "學而時習之 不亦說乎(학이시습지 불역열호), 배우고 때때로 익히면 또한 즐겁지 아니한가."라는 말이 있다. 배운다는 것은 무엇인가? 배우고 익히는 게 학습이고 공부다. 무엇을 알려면 즐거움으로 배워야 잘 알게 되는 것이다. 지식은 배우고 익힌다는 뜻이다.

우리나라는 세계에서 교육열이 가장 높은 나라이다. 오래전부터 입신양명을 위해, 가난을 벗어나기 위해, 공부를 열심히 했다. 교육 환경이 좋다고 하는 곳은 교육열이 뜨겁다. 지금도 부모들은 교육에 관심을 가지고 열심히 자녀 교육을 지원하고 있다. 모두 미래를 위하여 최선을 다해 노력한다.

"맹모삼천지교(孟母三遷之教)"는 '맹자의 어머니가 아들의 교육을 위해 세 번 이사를 한 가르침'이다. 교육(教育)을 위해 좋은 환경을 찾아 세 번이나 이사한 맹자 어머니의 이야기다. 자녀 교육은 주변의 환경이 매우 중요하다는 의미다.

앨빈 토플러(Alvin Toffler, 1928~2016, 미국, 미래학자)는 "21세기 문맹인은 읽고 쓸 줄 모르는 사람이 아니라, 배운 것을 잊고, 새로운 것을 배울 수 없는 사람이다"라고 말했다. 새로운 세상을 대비하라는 의미다.

미래는 상상력이 중요하고, 공부하고, 정보화 능력을 배우고 익혀야 한다는 의미다. 미래를 위해 새로운 것을 평생 배우는 마음가짐이 중요하다. 그는 "한국의 학생들은 하루 15시간 이상 학교와 학원에서 미래에는 존재하지도 않을 지식과 직업을 위해 공부한다."라고 지적했다. 이는 새로운 지식을 학습해야 한다는 미래의 메시지를 전하고 있다. 또한 "미래는 예측하는 것이 아니고 상상하는 것이다. 따라서 미래를 지배하는 힘은 읽고, 생각하고, 정보를 전달하는 능력에 의해 좌우된다"라고 말했다.

미래를 위한 대비는 무엇일까?

지금의 학생들에게 무엇을 가르쳐야 할까?

평생교육이 중요한 시대이다.

미래는 새로운 것을 창조하는 창조자를 필요로 한다.

학교를 졸업한 이후에도 끊임없이 배우는 능력이 필요하다. 우리나라의 교육이념은 '홍익인간'이다.

나는 홍익인간인가?

알버트 아인슈타인은 "지식보다 중요한 것은 상상력이다."라고 말했다. 상상력이 곧 창의력이다. 창의력이 중요하다는 의미다.

학교 교육은 변해야 한다. 미래는 세상을 상상하며 다르게 보고 생각하는 창의력이 요구된다.

앎은 우리의 삶이다.

삶은 곧 앎을 행하는 것이다.

'세상은 아는 만큼 보인다'라고 하지 않던가. 삶은 배움이고, 배움은 행함을 즐겁게 하는 것이다. 행함은 배운 것을 사회에 이바지하라는 의미다.

'배워서 남 준다.'라는 말이 생각난다.

교사의 앎은 배움이고, 삶은 가르치는 행함이다.

이 또한 즐겁지 아니한가?

교육기본법의 학교 교육 목표이다.

교육기본법 제9조(학교교육)

> 제9조(학교교육) ① 유아교육ㆍ초등교육ㆍ중등교육 및 고등교육을 하기 위하여 학교를 둔다.
> ② 학교는 공공성을 가지며, 학생의 교육 외에 학술 및 문화적 전통의 유지ㆍ발전과 주민의 평생교육을 위하여 노력하여야 한다.
> ③ 학교교육은 학생의 창의력 계발 및 인성(人性) 함양을 포함한 전인적(全人的) 교육을 중시하여 이루어져야 한다.
> ④ 학교의 종류와 학교의 설립ㆍ경영 등 학교교육에 관한 기본적인 사항은 따로 법률로 정한다.

교육기본법 제9조(학교교육) ②항에는 "학교는 공공성을 가지며, 학생의 교육 외에 학술 및 문화적 전통의 유지ㆍ발전과 주민의 평생교육을 위하여 노력하여야 한다."이다.

요즘 인근 마을과 연계한 학교 교육을 시도하는 것은 매우 중요하다. '한 아이를 키우려면 온 마을이 필요하다.'라는 잘 알려진 아프리카 속담이다. 우리 사회가 학교와 지역에 관심과 사랑이 필요하다는 말이다.

교육기본법 제9조(학교교육) ③항에는

"학교 교육은 학생의 창의력 계발 및 인성(人性) 함양을 포함한 전인적(全人的) 교육을 중시하여 이루어져야 한다."이다.

학교에서는 이것을 반드시 잘하고 싶다.

현실은 어떠한가?

교사는 무엇을 가르치나?

교사는 학교 교육 목적에 따라 오늘도 열심히 학생을 가르치고 있다. 다만 배우는 학생과 학부모는 학교 교육의 목적을 알고는 있을까.

이제는 이 사실을 국민에게 당당하게 말할 수 있다.

교사의 삶이다

불편한 이야기로 시작한다.

신규교사는 모든 것이 새로운 직장생활이다.

신규교사는 신입사원이나 마찬가지이다. 모든 게 새롭고 신기하고 어리둥절하다.

교생 실습을 4주간 경험하여도 직장인 신규교사로 모든 게 낯설다. 각자 적응을 잘해야 한다. 기간제 교사 경험해도 마찬가지이다. 의사들의 인턴 시절처럼 여러 가지 배우느라 바쁘다. 학교문화에 적응하느라 정신없이 하루가 지나간다.

교사는 날마다 수업과 업무 하는 일이 너무 많다.

교과 전문성을 위한 내용을 공부한다. 수업 분야 내용을 공부하고 평가에 대한 방법을 연구하고 가르친다. 의무 연수도 이수하고, 학교문제가 생기면 주위 교사들에게 질문하며 해결한다.

학생의 생활교육을 위한 심리와 상담 공부도 한다. 그동안 경험으로 보면 교사들은 공부하기를 좋아했던 사람이 많다.

하루하루 시간이 빨리 흐른다.

경력이 쌓이면 수레바퀴 같은 학교생활에 잘 적응하며 여유가 생긴다. 커피도 마시고 휴식도 취한다. 늘 적극적인 교사, 긍정적인 교사, 학생 수업에 최선을 다하는 교사가 된다. 모두 열심히 한다. 서로 업무에 갈등이 있는 경우가 발생하기도 한다. 신학기가 되면 업무와 수업 시수로 인하여 곤란한 일이 생긴다. 경력 상관없이 같게 수업한다. 어려운 업무는 일단 상황을 모면하려고 한다. 학교 문화가 늘 이랬다. 인간관계를 위한 의사소통 자세와 태도를 잘 익혀 슬기롭게 대처하길 바란다.

세월이 15년 정도 흐르면 승진하느냐, 장학사 시험 보느냐, 수석교사 하느냐 갈림길에 선다.

열심히 공부하고 연구하는 교사가 수석교사, 장학사, 교감, 교장이 될 확률이 높다. 준비된 사람이 받는 선물이다. 이 말의 의미는 스스로 열심히 연구하고, 노력에 대한 보상이다. 학교에서 신뢰받는 사람으로 당연히 인정된다.

승진에 관심 없는 분들은 학생 교육에 최선을 다하시는 진짜 훌륭한 선생님들이다. 이분들은 사명감과 열정이 넘치기에 학교가 우뚝 서 있는 것이다.

존경과 존중의 대상이며 본받을 만한 스승이다.

솔방울

솔방울

평생 한다

교사는
공부해야 한다
수업을 공개한다
정보를 제공해야 한다
관계를 잘 맺어야 한다
소통을 잘해야 한다
적극적이어야 한다
인내해야 한다
관찰을 잘해야 한다
수업을 도와주어야 한다
기다려야 한다
늘 그러해야 한다

교사는
희망을 바라보며
한결같이 즐기며
한평생 이 일을 한다.

계룡산

미래 교육을 위한 나의 편지

지금까지 교직 수행하면서 교육에 대하여 제안한다. 설문조사 사항이 아닌 미래를 위하여 희망하는 핵심 요구사항이다.

하나, 학교의 행정업무를 경감 하라.

대한민국 부처에서 학교에 요구하는 것 처리 하느라 힘들다.

하나, 학교 교실의 학생 수를 좀 줄여달라.

학생 한명 한명 맞춤형 교육을 하고 싶다.

하나, 학교는 수업이 중요하다.

뭣이 중한지 알아라.

수업 우선 학교여야 교사가 행복하고 학생이 산다.

수업 문화를 정착시키는 학교를 희망하다.

하나, 우리 교사도 완벽한 사람이 아니다.

다양한 감정도 있으며 누군가의 부모이고 자녀이다.

의무교육에 학생과 학부모 요구사항 많은데

학생과 학부모도 의무사항 지키도록 법과 제도를 세우라.

한탄강

수업은 동상이몽이다.

수석교사는 신규교사 저 경력 교사의 수업을 참관하고 수업 컨설팅을 하게 된다.

교사의 공개수업을 참관하기가 불편한 점도 많다. 요즈음 선생님들은 자기 주도성이 뛰어나서 대부분 잘한다. 수업분석표에 근거한 관찰이다. 수업 컨설팅 분석표에 의하면 일부 조언도 필요한 사항이 눈에 띈다. 수업 참관은 학교 공개수업 날짜나 자율장학 때 주로 한다. 교실 상황과 학생 참여 태도 등을 구체적으로 잘 관찰하려면 교사와 학생에게 집중하여야 한다. 수업 참관은 사실 수업하시는 분만큼 까다롭고 힘들다.

수업을 관찰하고 나면 수석교사와 수업 공개 교사의 대화시간을 가진다. 수업 후 좋은 점과 개선점을 알리는 상황에서 동상이몽을 느낀다. 학생을 가르치는 같은 처지에 있는데 속 생각은 서로 다를 수 있다는 뜻이다. 수업 후 각자 느낌과 배운 점과 생각은 항상 다르다.

어쩔 수 없는 동상이몽 현상이다.

요즈음에는 수업 컨설팅 또는 수업 나눔으로 표현한다.

과거에는 수업 장학이라 하여 교장, 교감, 부장 교사, 교과 담당교사 모두 참석하였다. 수업 공개 후의 수업나눔 대화에 좋은 경험을 한 교사는 거의 없을 것이다.

이유는 언급하지 않아도 공감할 것이다.

그래서 공개수업을 꺼리는 분위기가 많다. 요즈음에는 자율 장학 때문에 수업 참관을 자주 한다. 수업 후 잘한 점을 칭찬하고 수업 컨설팅을 하는 경우가 많다. 실제로는 수업 참관이 아니고 수업 참견을 해야 한다.

수업을 자세히 보아야 참견할 것도 많다.

누구를 위한 분석인가?

자기만족은 교사가 수업을 마치고 교실을 나올 때 알게 된다.

학생들의 수업 만족도는 잘 모른다. 무엇을 만족한다는 기준이 모호하다. 학습 목표 달성인지, 교과 역량 함양인지. 핵심 역량 함양인지, 교사 인기도인지 잘 모른다.

신규교사나 저 경력 교사는 수업을 열심히 한다. 학생과 상호작용하고 활동적인 수업 계획을 세워 차분하게 진행한다.

수업 참관의 본질은 학습 목표 달성이 우선임을 확인하고 완전 학습을 유도하는지 관찰할 뿐이다. 학생이 잘하는지가 중요하다.

학교 종이 울린다.

그러면 교실 수업 참관은 마친다. 수업 참견의 관찰 사항의 하나인 학생들의 반응을 보면 알 수 있다.

평소에는 어떻게 수업하는지, 오늘따라 특별하게 수업하는지 궁금하다. 학습 목표 달성하면 성공적인 수업이다.

알베르트 아인슈타인은 "어제로부터 배우고, 오늘을 위해서 사십시오. 가장 중요한 것은 질문을 멈추지 않는 것입니다."라고 말해 질문의 중요성을 강조한다.

모르면 무조건 묻는 게 공부에 좋은 방법이다. 수업 나눔 시간에 주로 하는 질문 사항이다. 수업에는 교사의 가치관과 철학이 있어야 한다. 수업의 형식과 방법은 차선이고 학생과의 긍정적인 관계와 상호작용이 중요하다고 강조한다. 수업 참관 후의 처음 대화엔 교육철학을 묻고 답하는 경우가 많다. 우리가 함께 학생 교육에 노력하고 있다는 것을 서로 대화하는 것이다. 공개수업에 고생이 많았다는 격려의 시작이다.

왜 이 수업을 하게 되었는가?

수업 후 깨달은 점은?

배운 점은?

느낀 점은?

체스터 필드는 "모르는 점에 관해서는 그것에 정통한 사려 깊은 인물에게 물어보는 것이 제일이다. 책은 아무리 자세히 기록되어 있다 하더라도, 거기에서 완벽한 정보를 얻기란 어렵다."라고 했다. 질문은 궁금증의 해결이며, 배움의 출발점이다. 빠르게 배워 알 수 있는 제일 나은 방법이다.

의사가 수술하면 여럿이 관찰하고 의술을 배운다. 수술 장면을 관찰하고 방법을 자세하게 본다. 이후 회의 세미나 워크숍에서 질문하고 배우게 되면서 전문성을 향상한다.

학교에서도 공개수업 후 수업 나눔을 한다. 수업 참관과 수업 나눔 시간은 교사들이 상호 정보교환 하는 가치 있는 시간이다.

교직의 간접 경험을 나누는 시간이다. 이 시간에 배우는 게 너무 많다. 모른다고 하면 부끄러워할까 질문을 거의 하지 않는 게 일부 교사의 행동이다. 알면서 모른 척 하거나, 모르면서 아는 척을 하면서 지내는 게 교사다. 기초적인 질문이 부끄러워 혼자서 해결하려고 끙끙 앓다가 걱정만 한다. 용기를 내어 질문을 하면 해결 방법이 나올 수 있다.

질문을 부끄러워하지 말라.

서로 배우는 교학상장이다.

교사의 나눔은 집단지성의 힘이 된다.

예당저수지(충남)

Teacher

Teacher
of student
by student
for student

Facilitator
Mentor
Leader
Server
Tipper
Helper
Giver
Lover

속리산(충북)

2 수석교사 무엇하는 선생님인가?

2 수석교사 무엇한 선생님인가?

수석교사

수석교사(首席敎師, Master Teacher)는 유치원이나 초·중등학교에서 교장, 교감 등의 관리직이 아닌 교사로서 취득할 수 있는 최고의 전문적 자격을 소유한 교사이다. 초·중등교육법 제20조(교직원의 임무) ③항 "수석교사는 교사의 교수·연구 활동을 지원하며 학생을 교육한다."이다.

이를 구체적으로 살펴보면 수석교사의 임무와 역할은 크게 3가지로 핵심은 다음과 같다.

첫째, 수석교사 본인의 수업이다. (교사의 1/2 이내)

둘째, 신규교사, 저 경력 교사, 희망 교사 수업 컨설팅이다.

셋째, 교사에게 연수 및 교수·학습 자료 제공이다.

교육과학기술부는 현행 일원화된 교원 승진체제를 교수 경로와 행정관리 경로로 이원화 체제로 개편하려는 것이다. 교장, 교감의 관리직 승진 구조에서 교사에서 수석교사로 직급을 옮기는 교수직이 신설된 것이다.

수석교사는 2011년에 수석교사제가 법제화됐다. 법에 근거한 교원 자격이다. 수석교사제는 1981년부터 30여 년간 간절하게 원하던 제도이다.

초·중등교육법에 수석교사 직급 구분을 명시했다. 법에 명시한 수석교사의 취지와 위상대로 수석교사 역할을 해야 한다.

수석교사는 본인 수업을 하면서, 동료 교사의 교수·학습을 지원한다. 교육 실천가로서 학생 교육에 대한 열정과 사랑, 연구하고 노력하고 있다.

수석교사는 자랑스럽다고 생각한다.

학생 교육의 본보기이며 등불이 되도록 노력한다.

한평생 학교에서 수업에 헌신하신 열정적인 그분들의 모습이 선하다.

동료 교원들에게 가르침의 보람을 느끼게 해준다.

수석교사는 수업을 공개한다.

교과 및 수업 전문성이 뛰어나고 자신의 전문성을 다른 교사와 공유할 수 있는 의지와 역량을 가진 교사이다.

학생들을 대상으로 하는 수업은 일반교사 절반 정도를 담당한다. 수업은 수석교사의 역량에 따라 다르다. 교내 교사에게 연중 상시 공개수업을 원칙으로 하고 있다.

교육 실습생, 신규교사, 저 경력 교사들에게 수업에 대한 컨설팅 수업 전문가로 활동한다. 또한 수업 참관을 희망하고자 하는 교사는 언제든지 안내하고 수업 나눔을 한다.

수석교사는 교외 교사에게도 수업 공개를 한다.

외부 공개수업 경우엔 지역 인근의 학교에 공개수업 공문을 발송한다. 동 교과 선생님께서 많은 참관을 하고 상호 간 수업 경험을 공유하는 시간을 가진다.

수석교사는 교사에게 교수·연구 활동을 지원한다. 약은 약사에게, 진료는 의사에게 문구가 생각난다.

자세한 사항은 [5부] 대한민국 수석교사에서 다룬다.

송악저수지 강가(충남)

가보지 않은 길

내가 걸어가는 길
한 번도 가본적 없는 새 길
걱정되고, 도전이고 모험이다.
여러 생각에 잠긴다.

가보지 않은 길
누구 뒤 따라가는 길이 아닌
내가 앞장서서 개척하는 길이다.

학교 문화 변화하길 바라며
다다르면 보람찬 길이려니
오늘도
이 길을 꿋꿋하게 걸어간다.

도봉산 중턱(서울)

3 행복한 학교 수업을 나누다

교사는 수업을 한다

교사는 현장 실천가이고 수업 전문가이다.

교사는 가르치는 일을 평생한 훌륭한 교육자이다.

학교의 수업과 학생 지도에 든든하게 서 있는 고목처럼 다양한 경험을 한 학교 교육 전문가다. 단지 교사, 학부모, 학생 그들의 배움에는 내 몫과 그들만의 몫이 함께하길 바랄 뿐이다.

교육자의 사명감은 영원하리라 믿고 싶다. 교사는 학교에서 가르치고 배우는 교육의 핵심 리더 역할이다.

교사는 열정과 사랑으로 인내하며 국가의 미래 인재를 기르는 위대한 자이다.

송악저수지 강가(충남)

수업 공개에 대하여

교사는 수업이 생명이라고 한다.

수석교사의 필수 직무 중 중요한 하나는 본인의 교과 수업 공개이다. 소속 학교 동료 교사에게 상시 수업을 공개하며 교외 공개수업도 실시한다.

매년 교내 수업과 교외 수업을 공개하고 있다. 교내수업 공개의 경우에는 종일 하거나 연속 수업 시간대에 실시한다. 희망하는 교사는 수업에 참관하고 수업 협의회를 실시한다.

수업 참관은 주로 자발성을 위주로 하며 저 경력 교사, 신규교사가 참관하길 바라지만 고경력 교사와 적극적인 교사도 참관하는 것을 많이 경험했다. 수업을 자세히 보고, 관찰하고, 듣고 나누는 게 공개수업 참관의 장점이다.

어쩌다 하는 공개수업은 늘 힘들다.

매일 하는 수업이지만 다른 선생님과 함께 수업 공개에 대한 부담감이 늘 있다. 교사는 수업을 공개하고 수업 개선을 할 수 있는 다양한 방법을 끊임없이 연구하느라 또한 바쁘다.

의사도 수술 장면을 서로 공개하며 수술 후 함께 협의회를 통해 서로 배운다. 모르는 사항을 알게 되고 경험을 공유한다. 의사 전문성은 이럴 때 향상된다. 교사도 함께 모여 수업 후의 나눔이 매우 중요하다.

학교에서는 공개수업을 많이 한다.

교육의 질 향상을 목적으로 하는 것이다.

공개수업의 이유는 첫째, 핵심 역량과 교과 역량을 함양하고 학생 능력을 함양하기 위함이다. 둘째, 학습목표 달성과 학생의 학습태도 향상이다. 셋째, 교사 스스로 성찰에 있다.

서로 수업을 관찰할 기회를 적극적으로 나누어 수업 후 교육 철학과 수업 나눔을 하면 서로 도움이 될 수 있다.

공개수업 후 참관 교사에게는 상호 간 질문을 한다.

수업을 통해 내가 배운 것, 수업을 보면서 궁금한 것 질문하거나 참관록 작성을 요구하며 수업 내용을 서로 나누며 지낸다.

교사의 열정과 학생에 대한 사랑을 느낀다.

수업을 공개한 교사는 준비와 노고에 인정해주고 지지해준다.

학생들 배움 과정에 대한 나눔을 한다.

수업 나눔을 통해 배운 것, 도전해 보고 싶은 도전 과제, 수업을 보면서 궁금한 것 등을 상호 간 정보를 공유한다. 그러나 시간이 없다는 이유로 너무 빨리 끝나는 경우도 발생한다.

최근에는 업무에 너무 바쁘고 코로나 상황으로 참관하는 분이 적다. 또한 장시간 길게 대화할 수 있는 수업 나눔 시간이 짧아지고 있다.

요즈음에는 주로 저 경력 교사, 신규 멘토 교사에게는 필수로 참관하도록 하여 수업 공개 참관 기회를 제공한다.

교사는 힘들고 지칠 때가 많다.

수업 시간 내내 서서 말하고 가르치느라 체력적으로 정신적으로 고되다. 남들은 이러한 사실을 전혀 모른다. 그러나 행복할 때도 많이 있다.

대한민국의 교사로서, 행복한 교사로 살아가기를 기대한다.

이런 교사가 좋구나

난 교사는
어려움 극복하고 지위를 추구하는 교사
노력하고 승진 추구하는 잘난 교사

든 교사는
학문을 탐구하며 학식이 풍부한 교사
세상일 관심보다 진리 탐구로 지내는 교사

된 교사는
인격 형성을 우선으로 생각하는 교사
정직과 성실, 겸손과 예의로 귀감되는 교사

난 교사 든 교사 된 다 좋지만
똑똑한 교사보다 따뜻한 교사
타인을 인정하고 존경하는 홍익인간 교사
이런 교사가 더 좋더라

수업 참관 요령을 알아보자

수석교사는 각 학교에서 주어진 교수·연구활동을 지원한다.

단위 학교와 시·도교육청의 상황에 따라 다르다. 그동안 교사를 지원한 활동의 일부 사례를 제공한다.

수석교사는 교사의 수업을 참관한다.

그런데 말입니다. 수석교사는 수업을 참관하고 수업 내용을 '참견해야 한다'라는 사실이다. 이는 참 고역이다.

왜?

수업을 다른 교사에게 보여주는 공개수업은 교사 자신의 능력을 내보이는 것 같기 때문이다

수업 참관은 수업 관찰을 철저하게 해야 한다.

교사의 수업 설계 과정에 대한 수고와 고생에 대하여 생각하고 학생들의 수업 참여도를 살펴본다. 평소대로 하는 일반적인 수업 참관이 학생들의 수업 태도를 살펴보는 기회지만 학교는 일반적인 수업의 교실 공개는 쉽지 않다.

왜 이 수업을 하는가?

무엇을 위한 수업인가?

수업은 수업 설계 과정 지도안을 꼼꼼하게 살핀다. 교사의 내면, 수업유형, 학생의 배움, 교사와 학생과의 관계성을 살핀다.

수업 시간 학생 관찰은 정신을 집중하여 특징을 파악한다. 수업 관찰하며 수업기법에도 신경 쓰인다. 수업은 교사가 계획한 대로 되지 않는 경우가 많다. 늘 교실 상황이 매우 다르다.

학습 목표 도달 여부, 교육과정 구성 수준을 관찰한다. 교수·학습 방법과 학습의 동기유발 방법 및 학생들 집중과 발문 방법 등을 구체적으로 관찰하고 기록한다.

교사의 수업 참관은 수업을 보는 게 아니라 수업을 참견하려는 것이다.

수업 참관은 수업 방법을 배우는 기회가 되며 교학상장이다.

수업 참관은 반면교사이다.

초·중·고등학교의 수업 참관을 한 관찰 내용이다. 초등학교 수업의 전부가 아니라 극히 일부라는 점을 강조한다. 참관 수업은 활동 중심 수업과 발표 수업이 대부분이었다.

초등학생들의 자신감은 넘친다.

발표를 서로 하려고 손을 든다. 예와 규칙은 걱정된다. 교사의 열정과 사랑을 수업 참관하면 짐작이 간다. 게임 형식의 수업도 많고 표현하는 활동, 메이커 활동 등 다양하다. 교사의 수업 디자인 능력과 준비과정이 중요함을 알게 되었다.

흥미와 재미 위주의 놀이(게임) 학습이 대세이다. 다만 교과 지식의 구조화에 어느 정도 달성됐는지 평가가 아쉽다. 초등 맞춤형 수업이 필요 없을 정도이다. 초등학교는 성적 평가가 거의 없기 때문이다. 자기 자신 성취 수준이 궁금하지도 않은가 보다.

전국적인 학습 도달에 대한 어떤 평가가 필요한 시점이다.

경쟁이 아니라 초등학교 6년 동안 기본적으로 알아야 할 최소한의 사항을 알고 행할 수 있는 내용을 말한다. 그래서 중학교에 진학해야 한다는 의미다. 이때 성취 수준 차이는 진학 할수록 점점 커지게 마련이다. 실력의 양극화 시작이다.

초등학생들은 6년을 마치면 기본적으로 말하기, 쓰기, 읽기의 기본은 배워야 하며 일정 수준에 도달되도록 가르쳐야 한다고 생각한다.

중학교는 교과에 따라 정말 다양하다.

중학생 학교생활은 친구 관계가 우선이다. 자신의 특기나 적성보다는 교사의 관계도 중요하다. 수업 공개하면 동 교과 선생님들은 수업의 방법 및 교과 지식과 수업 기능면에서 살펴보고 서로 많은 도움을 받는다. 일부지만 공개수업하는 시간에도 참관교사가 있는데도 불구하고 떠들거나 장난치는 학생들이 있다는 게 일반적이다.

사춘기 학생을 가르치는 교사들이 존경스럽다. 너무 신기하다. 중학교 교사는 수업하기 힘들다는 이야기를 실감한다.

남녀 공학, 남학교, 여학교의 수업 태도의 차이는 크다. 남녀 공학의 학업 성취도 차이는 매우 심하다. 혼합반이라 해도 여학생들이 성적이 높게 나타난다.

지금도 중학교 졸업의 외부 시상 대부분은 여학생이 차지한다. 예외는 있지만 거의 비슷하다.

고등학교는 대부분 대학입시와 관련이 많아서 지식의 구조화 및 평가에 중점을 두고 수업을 많이 한다.

일부 진로 과목이나, 기술 수업 등 특별한 수업에서는 만들고 표현하고 발표하는 과정도 눈에 띈다. 지면상 수업의 모든 것을 표현하지 못해 아쉽다.

고등학교는 대입을 준비하는 입시기관으로 변환하여 교육하는 현상이 꽤 오래되었다. 당연한 것으로 여긴다.

대학입시를 앞두고 있으며 대학이 곧 공부의 목적으로 알고 있기 때문이다.

공개수업은 초·중·고 모두 수업 디자인 노력이 수업 성공 여부를 결정한다고 본다.
수업 공개 후 누구나 후련하다. 속 시원하게 느끼는 이유는 무엇일까?
부담이 된다는 의미다.

왜 부담이 될까?

이유는 다 알 것이다.

계룡산(충남)

다 함께 수업 나눔 하세

학교 현장은 늘 바쁘다.

공개수업 참관은 시간을 내야 하므로 업무에 바쁜 선생님들의 의지가 있어야 가능하다. 수업 방법에 관심이 많고 수업을 잘하시는 분들도 수업을 참관을 많이 하게 된다.

수업을 마치면 속이 후련함을 느끼거나 아쉬움이 있을 때가 있다. 철저하게 수업 준비했는데 생각한 것에 미흡하면 괜히 속상했던 기억도 있다. 수업 내용에 대한 준비를 잘해 멋지게 보여주려는 마음이 있었던 모양인가 보다.

이제는 학생의 완전 학습에 가깝게 수업을 연구하고 있다. 학생들의 참여도를 높이기 위해 활동 중심 수업과 발표하는 적극성에 관심을 두고 수업을 설계한다.

공개수업을 마치니 후련하다.

공개수업 후 수업 나눔에서는 교수법의 배울 점을 공유한다. 공개수업 의도와 준비상황, 평가 방법과 학생들의 참여도에 대하여 나눔을 허심탄회 나눈다.

많이 하는 질문은 평가 방법이다.

수업 중 과정 중심 평가를 어떻게 하는지, 조별 구성은 어떻게 하는지, 동료 평가하면 평가 점수 비중은 어떻게 하는지 등이다.

수업 나눔은 오늘따라 수업 시간에 잘하는 모습을 보니 가능성이 있겠다 싶은 학생을 찾아내는 시간이다.

일부 학생은 적극적으로 참여하는 모습을 보게 된다. 내 수업 시간은 참여를 잘 하지 않았는데 참 기특하다고 생각한다. 오늘의 수업 나눔이 선생님의 수업에 도움이 되었기를 바랄 뿐이다.

함께하고 있다는 점에 감사하다. 학교에는 집단지성이 필요한 이유다.

학생을 안전하게 보호하고 가르치느라 교사의 업무가 늘어나고 있어 한마디로 고되다.

어떻게 할까?

참고 기다리고 있자니 체력의 한계도 느끼고, 내 몸이 예전과 같지 않다. 아프지 않으면 다행이다. 가끔 꽤 속상하기도 하다. 누구한테 화풀이하고 싶지만 늘 가족이 피해를 본다. 푸념이라 생각하겠지만 늘 이런 삶을 사는 게 교사이다.

교사는 많은 업무로 인하여 하루가 정신없이 지나간다.

일상 수업을 시간과 노력을 들여 공개수업 후 함께 고민을 나누는 동료 교사를 만나기가 어렵다. 그렇지만 학교에서 수업 문화를 스스로 개선하려는 교사들이 증가하고 있다.

교사는 수업 전문성을 신장하는 것이 제일이다.

교사는 평생 수업한다.

소나무(서울 북한산)

시원하다

우리 선생님 공개수업
교실 뒤 켠에 학부모, 동료 교사, 관리자
무엇이 궁금한지 와서 그냥 본다.
쫑긋 세우고 뚫어져라 쳐다보고
학습지, 에듀테크 대기하고
모두가 교사와 학생을 쳐다보고 기다린다.

우리 선생님 준비한 땀 맛이 제멋이다.
칠판엔 또박또박, 모니터는 짜잔
쓱싹쓱싹 소곤소곤 쫑알쫑알 소리 내며
뇌를 깨우는 생각하는 시간이다.
매일 아니라서 천만다행이다.
준비하느라 수고했다.

이제 마치니 속 시원하다.

을왕리 해수욕장(인천)

학부모 공개수업

매년 학부모 공개수업이 교내에서 실시하고 있다.

학부모는 일 년 한 번 학교에 와서 교사의 수업 방법과 학생들의 참여도를 관찰한다.

학부모는 수업 방법과 내용보다는 자녀가 다른 학생과의 관계에 관심이 많다. 자녀 친구와 함께 협동을 잘하는지 자신감 있게 참여를 잘하는지 살핀다. 학부모 공개수업 참관 한번 보고 교사를 평가한다. 학교에 한 번도 와서 보지도 않고 학교 교사 평가를 하는 오늘날의 교원 평가는 문제가 너무나도 많다.

누구를 위한 평가인가?

매년 실시되는 교원 평가 항목 내용은 수업 방법과 교과 내용의 가르침에 대한 평가이다. 전문성 신장을 목표로 도입했다.

요즘 교원 평가가 모욕적인 평가, 인기 평가로 인격 침해를 당하기도 한다. 학기 중에 최선을 다해 열심히 했음에도 불구하고 평가 점수가 낮게 나오면 사기가 떨어진다. 크게 무엇이 잘못되었는지 반성도 하지만 자괴감을 느끼고 속상하다. 열정을 식게 만든다. 평가의 효과성도 거의 없다. 제도적으로 실명으로 평가하는 방법으로 개선하거나 폐지해야 한다.

요즈음에는 학원에서 선행학습하는 학생이 너무 많다.

학원에서 미리 배운 학생과 전혀 모르는 학생이 한 교실에 함께 있다. 학교에서 동기유발과 학습 진도에 수준 차이가 너무 벌어지고 있다. 학생들의 학습결손 격차를 해소하고자 노력하지만 쉽지 않다. 수업 전문성이 뛰어난 대부분 교사가 열정과 사랑으로 교육한다. 지금은 학생 수가 많아서 개인별 맞춤형으로 교육하기에 역부족이다. 의무교육이라 더욱 힘들다.

교사가 수업 전문가로 인정받기란 쉽지 않다. 학부모와 학생들의 다양한 욕구가 다양하다. 맞춤형 교육 정말 힘들다. 요즘에는 수업이 힘든 게 아니고 배우는 학생들의 생활지도가 교사를 더욱 힘들게 한다.

과거 공부하던 모습과 달라진 것이 무엇인가?

바뀌지 않은 이유는 무엇인가?

과거 지금이나 입학 시험은 중요하기 때문이다.

교사는 학교에서 행복한 삶을 살아야 한다. 교사의 사명이다.

무의도 섬(인천)

때가 있다

이 꽃은

봄에 성격이 급한지 빨리 피고

저 꽃은

여름에 열정이 많아 활짝 피고

그 꽃은

가을을 기다리며 늦게 피고

숨은 꽃은

모두 움츠리는 한겨울에 크게 피고

그 꽃 크는 시기 다르고

피는 때가 다 다르다.

다

때가 있다.

민들레

4 학생 생활지도에 정보를 제공한다

교사 교사는 학생을 가르친다.

학생들의 생활지도는 교사를 더욱 힘들게 한다. 수석교사는 교사 지원 활동으로 생활교육 컨설팅한다. 담임 역할과 학생 교육 경험 나눔을 말한다. 생활지도 컨설팅은 컨설턴트로 직접 컨설팅을 수행한다. 담임교사와 학생 생활교육에 관한 내용이다.

오래전 어느 중학교 근무 중 퇴근길에 발생했던 일이 생각난다. 학교 인근 공원 모퉁이에서 흡연하고 있는 학생을 마주치게 되었다. 대여섯 명이 서로 어떻게 하지 걱정하면서 고개를 푹 숙이고 가만히 서 있었다.

훈계를 길게 한 후 다시는 담배 피지 말라고 지시하고 마무리 하였다. 오랜 시간 동안 학생들과 이야기한 후 퇴근하였다. 아침에 바빠서 담임교사와 학생부에는 말하지 못했다.

단지 아무 일 없어 다행이었다. 며칠이 지난 어느 날 학생들은 한번 눈감아준 것에 감사했는지 학교 복도에서 마주치면 인사를 잘하며 지낸 경험이 기억난다.

'한 번 실수는 兵家之常事(병가지상사)' 병가(兵家)에서는 항상 있는 일이란 말로 어떤 실수나 잘못을 흔히 있을 수 있는 일로 가벼이 여기지 말라고 할 때 주로 쓴다.

지금은 졸업 후 사회에 크게 이바지하는 자랑스러운 어른으로 성장했으리라. 한번 실수는 병가지상사를 느끼고 있다. 모든 게 궁금하다.

누구나 실수는 하기 마련이고, 한순간의 잘못된 판단으로 큰일을 그르치기도 한다. 때론 의도하지 않은 실수로 인해 타인에게 치명적인 해를 입히기도 하고, 실수가 정도를 넘어 범죄가 되기도 한다. 요즘 일부 학부모는 학교 폭력 문제로 교사를 대상으로 고소·고발을 하고 있는 안타까운 현실이 되었다.

청소년들은 늘 배우지만 실천하기 쉽지 않은 것 같다.

청소년이니까 사춘기는 그렇다. 대부분 의도하지 않은 작은 실수에 대해서는 '한번 실수는 병가지상사'라고 믿는다.

같은 실수를 하지 않겠지 희망하면서 잘못과 실수가 반복되지 않도록 반성하도록 교육 한다.

요즈음 학교에서 발생하는 학교폭력은 즉각 처리해야 한다.

학교폭력 관련 일 처리가 좀 늦으면 교사인 내가 문제학생과 학부모로부터 휘말릴 수 있다. 학생 문제는 규칙에 따라 절차를 지키며 처리하는 것이 원칙이다. 반드시 절차대로 추진한다.

오늘날 학교에서는 폭력, 이성 문제, 흡연, 음주, 도벽, SNS 사이버 폭력 등 많은 일이 전국적으로 일어나고 있는 현상이다.

이런 일들이 왜 증가할까?

사회적인 현상이다. 내 책임으로 물을 게 아니다. 교사의 책임이 아닌데 걱정이 된다. 가정과 사회 학교와 국가가 함께 해야 제대로 된다.

모두 슬기롭게 잘 대처하여 행복한 학교가 되길 희망한다.

법을 만들면 모든 게 해결되는가?

학교 폭력 해결한다고 법 만들면 학교 폭력이 줄어드는가?

법대로 하는 게 다반사인 듯 이제는 학교폭력 관련하여 변호사가 대동하고 있다.

법은 법대로 제대로 시행하고, 교육을 제대로 시켜야 할 시대이다. 사람이 우선이다.

가정에서 학교에서 제대로 된 교육이 우선이다.

무슨 교육을 하느냐가 더욱 중요하다.

인성교육이 미래교육이다. 인성교육은 누가 시키는가?

가정에서는 부모요, 학교에서는 가르치는 교사이다. 사회에서는 누구인가? 올바른 언론과 모범적인 어른이다. 정직하고 정의로운 사회가 인성교육의 모범이다.

바람

신규교사 멘토링하다.

수석교사는 멘토링을 한다.

신규교사의 수업 향상에 수석교사가 멘토가 되어 지속적인 교수와 연구 활동을 지원한다, 주기적으로 수업 나눔을 하고 상담한다. 신규교사는 솔직하게 상담하면 좋으련만 그렇지 못한 경험도 많이 한다. 수석교사가 나이와 경력이 많아 어려운가 보다.

수석교사는 매년 증가하는 기간제 교사, 신규교사, 교사들의 전문성 향상에 도움 주고자 한다. 스스로 찾아와서 이야기도 하면 좋으련만 어려운가 보다. 스스로 문제를 해결하는 것도 가끔 보게 된다. 요즘에는 신규교사, 저 경력 교사, 고경력 교사 모두 일단 검색하여 공부하고 연구하는 방법을 하는 모습을 많이 본다. '함께 가면 멀리 가고 혼자 가면 빨리 간다'는데 교직은 정말 갈 길이 멀다.

'나 때는 말이야'를 자주 하는 것 같다.

'경험은 인생의 스승이다.'를 다시 한번 생각한다.

나는 스승으로 존재하는가?

신규교사들은 대체로 초·중·고등학교 학창 시절 대부분 공부를 잘했던 경험이 있다. 자기 주도적인 학습 능력이 우수하다. 극히 일부는 그러하지 않은 경우도 있다.

학교 신규교사로 발령이 나서 교사의 길을 간다. 모든 게 처음인 경험이 대부분이다. 교과 수업, 조회, 수업 후 종례, 청소 감독, 학교 교무업무를 하느라 바쁘다. 학부모, 학생, 교사, 행정실, 등 인간관계 모두 낯설다.

교직원에게 원만한 관계를 맺어야 한다.

누구나 같은 경험을 많이 하지만 직접 경험과 간접 경험의 차이를 느끼라고 컨설팅한다.

컨설팅(Consulting)이란 무엇일까?

컨설팅의 개념이다.

사전적 의미로는 '조언(助言)을 주는 것'이다. 수업 컨설팅은 수업 개선에 초점을 두고 해결하기 위해 접근하는 수업 전문가의 협력적 문제 해결 과정이다.

컨설팅은 과정이다. 교사는 변해야 한다. 즉시 변해야 한다는 마음 먹기 하면 가능할 것이다.

문제가 있는 분야의 컨설팅을 사전에 의뢰하고, 진단, 대화, 확인, 처방 등 함께 지속해서 상담하는 게 컨설팅이다.

신규 교사에게 수업의 방법과 평가에 관하여 묻고 싶다.

어떻게 할 것인가?

학급 운영, 학생 생활교육 모두 마찬가지이다. 옆자리의 경험 많으신 교사에게 묻고 추진하기도 한다.

그분께서 편안하게 나를 가르치면 좋겠는데 그분도 매우 바빠서 여유를 가지며 알려줄 시간이 부족하다. 어떤 순간에는 서로가 미안하다.

차 한 잔의 여유가 늘 그리운 교무실 풍경이다.

컨설팅은 서로 도와주고 도움받고 교학상장의 분위기 조성이 제일이다. 수석교사 그 이름은 퍼주는 인생이다. 남 주는 삶이다. 무조건 알려주고 싶다.

'Give & Take'가 아니라 Giver이다.

산촌

교사를 위한 다양한 코칭

탈무드에는 "누가 가장 똑똑한 사람인가?
모든 경우, 모든 사물에서 무엇인가를 배울 줄 아는 사람이 똑똑한 사람이다."라고 강조한다.

수석교사는 교내외 연수를 주도하며 실시하고 있다. 교사의 연수 필요성은 급변하는 환경 속에서 교실 수업의 본질을 찾고, 학생과 교사가 모두 행복한 수업을 만들어가기 위함이다.

변화하는 학교 현장에서 학생들이 중심이 되는 수업을 만들기 위해 새로운 아이디어가 필요하다.

미래를 살아갈 학생들의 역량은 어떻게 기를 수 있을까?

괴테가 말하기를 "유능한 사람은 언제나 배우는 사람인 것이다."라고 말했다.

좋은 수업의 비법은 존재하지 않는다. 다만 수업 방법을 고민하고 학생 활동 중심 수업을 연구하고 적용해 시행착오를 줄이는 것이 교사의 교실 수업 개선 방법의 도전이다.

공자는 “스스로 자신을 존경하면 다른 사람도 그대를 존경할 것이다.”라고 했다. 교사 학생은 서로 존중과 존경의 대상이 되어야 한다는 의미다.

교사의 수업 개선에 대한 의지는 학생들과의 협력을 이끌어 공감과 관계 맺기를 잘해야 한다. 행복한 학교생활은 교사와 학생의 좋은 관계이다. 좋은 관계는 학교생활을 좌우한다.

샤롤 드골은 “할 수 있다고 믿는 사람은 그렇게 되고, 할 수 없다고 믿는 사람도 역시 그렇게 된다.”라고 했다. 수업 시간 학생들에게 격려하는 응원과 지지는 자존감도 향상하며 교사의 신뢰를 높이고 교육에서 효과를 극대화할 수 있다. 항상 스스로 믿고 사랑하고, 자신을 사랑하고 나를 격려하며 지내길 바란다.

어떻게 대처할 것인가?

교실 수업은 학생들의 삶으로 연결되어야 좋은 수업이다.

미래 진로 개척에 도움이 되도록 교육과정을 재구성한다.

교실 수업을 개선하고 실천 역량을 높일 수 있는 연구가 중요하다. 의무 연수가 많아 연구하는 시간이 부족한 학교 현실이다.

신규교사들의 다른 교사 수업 참관은 배우는 게 참 많다.

다른 학교 수업을 참관하러 가고 싶어도 시간표 바꾸기가 쉽지만은 않다. 동료 교사, 선배 교사들에게 미안하기도 하고, 의무사항이 아니라 참관을 안 해도 되기 때문이다. 필수로 공개하고 참관하는 학교 수업 문화가 아쉽다.

최근에는 교실 수업 개선을 위한 교사들의 노력은 대단하다.

교사는 지식을 가르치며 학생의 삶을 변화시키는 변환자다.

학생과 소통하고 공감하면서 잠재적 역량을 끌어내는 역할은 교사의 사명이다.

신규교사는 수석교사의 경험을 현실에 맞게 재구조화하여 요즈음 추세에 맞는 방법을 구상하고 협조를 얻어 상호 시너지를 이룬다. 수석교사와 함께하는 수업 나눔은 기회이다.

수석교사의 역할이다.

멘토와 멘티의 관계이다.

서로 지원에 모두 만족할 수는 없지만 계속 추진하면 효과는 있다고 생각한다.

저 경력 교사와 신규교사의 티칭(Teaching)과 코칭(Coaching)에 의미를 둔다.

본인의 역량 함양에 소비자 중심의 연수를 하며 학교 현장에 새바람을 일으킨다. 연수는 수석 활동 정보를 공유하고, 공감과 소통으로 미래 교육을 선도하는 활발한 활동을 펼칠 것이다.

전문성 향상과 수업 문화 형성에 조언자가 되고 협력자가 된다. 상호 간 소통과 협력으로 공교육의 변화에 주도적인 역할을 해야 한다.

저 경력 교사, 신규교사 상호 간 배우니 얼마나 좋은가?

대한민국의 학교 문화를 개선하면서 수업을 변화하는 주인공은 교사 스스로다. 수업에 관계된 모든 사람은 나에게 훌륭한 교사이다. 모든 사람은 가능성이 있으며 성장한다.

학교는 교사와 학생 모두 스승이고 제자이다.

교학상장(敎學相長)이다.

소나무

학교에서 살다 보니

학교에서 근무하다 보니
많이 배운 교사보다
겸손한 마음으로 헤아리는 교사가
훨씬 좋더라

교실에서 수업하다 보니
실력이 다가 아니고
학력이 다가 아닌
친절하게 행동하는 예절이 바른 학생이
제일 좋더라

학교에서 살아 온 동안
사람 귀한 줄 알고
사심 없이 긍정적인 태도로
따뜻하게 행동하는 베푸는 교사가
최고더라

수석교사 교·내외 연수를 하다

교사는 수업이 생명이라 한다.

수업의 목표는 학습 목표 달성이다. 요즘 학교가 무슨 수업을 하는가가 중요하다. 지식과 기능, 올바른 태도의 함양 교육이 걱정이다. 입시를 위한 교육을 많이 한다.

교사는 늘 연구한다. 잘 가르치기 위해서 수업을 연구한다.

교사 연수는 원하는 분야의 맞춤형 연수가 제일이다. 요즈음에는 원격기관에서의 좋은 연수가 많이 개설되어 있어 희망 분야 선택하여 연수하면 연수비도 지원한다.

수석교사 역할 중 학교 내외에서 교수학습 관련 자료를 제공하거나 다양한 평가 방법을 연구하고 교사 연수를 한다. 연수는 주로 일방적으로 전달 사항 전하듯이 강의하는 경우가 많다.

오랫동안 동안 지역 여러 곳에서 다양한 연수를 했다. 단위 학교, 신규교사, 부장 교사, 복직 예정자, 사립학교, 교육청 직무 연수 등을 강의했다. 강의 내용 이해도와 연수 만족도는 잘 모른다.

교육과정 재구성, 수업 개선, 그리고 평가 관련 교육에서 선생님들을 만났다. 맞춤형 교육과정 재구성 실천 내용을 소개하고 과정 중심 평가와 학생 활동 중심 수업 중에 다양한 경험을 공유했다. 사례는 주로 수업과 평가 등 추진 과정에서 겪었던 경험을 나눴다. 교육과정 재구성과 다양한 내용을 안내했다.

연수 후에는 새롭게 배운 것을 적용하기까지는 좀 무리가 많은 것이 학교 교육이다. 자료를 주어도 자신에게 적합한 내용인지를 알 수가 없다. 나만의 개성 있는 수업이 나의 정체성이다.

선생님들과 질문을 하다 보면 배운 것이 더 많을 때도 있다. 강의나 연수는 예정 시간보다 짧게 하고, 연수 후엔 보람과 긍지를 느끼지만 늘 연구하고 공부한다. 수석교사는 교사의 열정에 불을 지피는 역할이다. 그러나 주위 찬물을 끼얹는 경험도 하게 된다.

교내 또는 교간 전문적 학습 공동체(학습공동체) 참여하여 전문성 향상을 위한 연수를 한다. 수업 모형과 평가 방법, 교육과정과 성취기준 등 연수 내용은 다양하다. 각자 선택하여 수업 전문성을 향상하도록 노력한다.

교사는 교육 현장의 실천가이다.

사범대학교 교수는 교육이론을 연구하고 미래 교사를 가르치는 연구가이다. 정보 교류가 중요한 시점이 되었다.

교사를 기쁘게 하는 것, 교사에게 만족을 주는 것, 모두를 즐겁게 하는 것이 수석교사의 역할이다. 알다시피 쉽지 않다.

수석교사는 교사에게 교수 방법과 연수를 지원하며 교수학습 자료를 제공한다.

오늘날의 학교 교육은 수능시험과 입시에 치중하고 있다.

이유는 무엇일까?

대학 입학은 곧 미래 직업과 관련이 매우 깊기 때문이다. 성적이 곧 미래 직업을 좌우하기 때문이다. 결국 입시에 충실하게 된다. 입시 교육이 일류 교육이 되는가?

시험 위주의 교육 그때뿐이다. 시험 후 학생들은 배운 내용 잊고 기억이 없는 경우도 많다. 요즘 학생들 학교 공부를 제대로 하지 않는다. 공부를 다시 강조한다. 공부는 평생 해야 하며 인생 자체가 공부다.

교육은 기다림이다.

컨설팅의 목적은 나눔과 배움이다.

더 많은 수업 컨설팅이 아니라, 더 잘 배우게 하는 것이다.

효과적인 컨설팅은 무엇일까?

교사의 연수는 질문과 대답이 좋은 연수다. 질문을 많이 해야 하지만 알고 싶은 것이 없다면 걱정이다.

컨설팅은 나눔이다.

우리 교육이 일류 교육이 되길 기대한다. 일류 교육인 세계 일류국가가 되는 지름길을 생각하는 시간이 되길 바란다.

모두 다 행복한 학교생활을 기대한다.

할매꽃

괜찮은 교사

좋은 교사는 견디는 선생님이다
즐겁지만 마음 아픈 교사
그들에게 상처 입은 교사
속상한 마음과 정신과, 육체가 힘든 교사
모두 다 좋은 교사이다.

좋은 교사는 부드러운 선생님이다
따뜻하게 격려하고 인정받는 교사
열정과 사랑으로 희망을 주는 교사
보람과 만족이 충만한 긍정적인 교사
사랑스러운 교사이다.

이 세상에 공짜는 없다.
아픈 상처 없기를 바라지마오
아픔은 성숙해지게 하며 성장하게 한다.
상처 딛고 일어서는 성찰하는 교사
그대여 진정 괜찮은 교사다.

교육의 목적은
개인으로 하여금
계속해서
스스로를
교육할 수 있게 하는 것이다.

존 듀이(John Dewey)

마니산(강화도)

3장

내 일은 내일(來日)이다

3장 내 일은 내일(來日)이다

1. 배우고 가르치고
2. 내 일은 내일(來日)이다
3. 학력(學歷)이 학력(學力)인가?
4. 역경을 말하다
5. 수업은 철학이 필요하다
6. 능력을 함양하며 살아가기
7. 10년이면 강산이 변한다
8. 모두 아름답게

3장 내 일은 내일(來日)이다

학교는 학생을 가르치는 곳이다.
학력과 실력에 대한 진정한 의미를 살펴본다.

미래 희망을 바라며,
수업 철학과 수석교사의 수업 경험과
학생 교육에 관한 내일(來日)을 기대한다.

갈대밭

1 내 일은 내일(來日)이다

내 일을 잘하자

내 일은 나의 일을 말한다. 내 일을 잘해야 내일(來日)은 밝고 희망이 있다고 믿는다. 교육이 중요하다는 사실을 모르는 사람은 없을 것이다.

오늘날 미래를 위한 창의 융합형 인재 양성의 중요성은 모든 교사는 다 알고 있다. 다만 교육의 정책에 따라 그때그때 바뀌니 일관성이 없다고 걱정하며 대처해 갈 뿐이다.

수석교사의 일이다. 수석교사는 근무하는 학교에서 수업한다.

수석교사는 수업을 공개하고 수업 컨설팅을 하며 교사 연수를 하며 자료를 제공해 준다.

수석교사는 교사의 수업 컨설팅을 한다. 모든 일에는 처음 하는 사람이 있기 마련이다.

신규교사를 도와주는 게 수석교사이다. 어느 분야에도 경험자의 경험을 잘 듣고 실천하면 시행착오를 줄일 수 있다. 개인 차이는 존재한다. 학생 교육을 담당하는 신규교사는 실수와 실패의 경험을 줄이는 게 수업 컨설팅이다.

서로 묻고 알려주고 상호 간 시너지를 기대하는 게 주 업무다.

필요한 창의적 인재 양성을 하는 것이 교사의 컨설팅이다.

교직에는 신규교사가 임용되면 즉시 교실에 가서 학생을 교육한다. 학생과 상담하고 가끔 학부모와 면담도 한다.

신규교사의 삶은 신입사원과 다르다.

교실에 가서 수업해야 한다.

요즈음 학교가 각자도생이다. 학교에는 신규교사의 컨설팅을 해줄 경력 교사가 있지만 나름대로 주어진 업무로 늘 바쁘다.

누구를 챙겨줄 시간이 늘 부족하다.

신규교사의 수업 컨설팅을 해줄 필요성이 대두된다. 스스로 알아서 척 척 잘하는 신규교사도 많이 있다.

교직의 정답은 없다.

정석은 존재한다. 열정과 사랑 그리고 인내하는 것이다.

내 교직을 다시 돌이켜 보면 각자도생(各自圖生)의 삶이다.

각자도생은 "각자가 스스로 제 살길을 찾는다"라는 뜻이다.
교사는 교실에서 나 혼자 수업하고, 학생을 교육하고 나 혼자 알아서 해야 한다. 도움이 필요할 때는 교실 수업시간 중 변화무쌍한 상황이다. 스스로 알아서 살아남아야 한다. 살길이 우선이다. 늘 인내하는 게 습관이 되었다.

공개수업 누가 좋아할까?

수석교사는 공개수업을 상시로 한다.
공개수업 때 특히 신중해야 한다.
수업을 공개하는 분의 겉으로 드러나는 모습만 보고 교사를 판단하면 안 된다. 이는 평생 수업 관찰 시간에 간직해야 할 중요한 사항이다. 교사 수업 한 면의 모습만 보고 그를 판단하지 않도록 한다. 우리는 그 사람의 일부 중의 일부만 보기 때문이다. 공개수업은 연극도 있다.
학생도 마찬가지다.
수업 시간 잠시 한순간의 판단으로 그 학생을 평가하는 것을 삼가라. 모두다 '빙산의 일각'이다. 빙산의 아래 상황은 아무도 모른다.

우리나라 학교는 최소의 교육과정으로 최대의 효과를 바라며 교육하고 있다.

모든 것을 학교에서 가르쳐주는 것은 아니다.

학생들은 가정에서 스스로 학습하는 학생보다는 학원에 의존하여 학습하는 학생이 많다. 이렇다 보니 학교별로 학업 성취도나 학습 습관에 차이가 매우 심하다.

요즈음에는 명퇴하는 교사도 많다. 신규교사 비율이 많은 학교가 있고, 고경력 교사가 비중을 많이 차지하는 학교가 존재한다. 연령별 균형 있는 학교가 균형 잡힌 교직을 수행한다.

누구나 한때는 초보였다.

그래서 실수나 실패의 경험을 누군가에게 알려주려 한다. 따라서 수석교사를 각 학교에 배치하여 신규교사의 상담과 교육 방법에 대한 제공을 경험하는 교육 여건이 마련되길 바란다. 수석교사가 필요하며, 선발 확대를 요구한다. 현재 수석교사는 꾸준한 감소 추세에 있다.

학생들이 개개인이 소중하다. 학생 맞춤형 상담과 소질을 계발하는 학교교육 하고 싶다. 학급의 학생 수가 적절해야 가능하다.

맞춤형 교육을 할 수 있는 학교 여건 조성이 필요한 시점이다.

오늘날의 학교 현장은 문제점이 점점 많아지고 있다. 교사를 무시하여 나타나는 교권 추락, 학생들 간 학교폭력 등 문제가 증가하고 있다. 대책을 세워야 한다. 교사 본연의 업무인 수업과 생활교육에 매진하고 싶다. 학교 현장의 실질적인 개선과 지원을 바라는 내일을 바란다.

지금 하는 일을 즐겁게 하는 마음가짐이 우선이다. 마음먹기에 따라 내일이 달라진다. 경험에서 나오는 말이다.

내일의 미래 인재가 행복한 삶을 살아가도록 공교육에서 최선을 다하는 것이다. 교권이 망가지면 교육이 망가지고, 교육이 망가지면, 나라의 미래가 불안하다.

내일은 교직을 존중하는 사회 풍토가 조성되기를 기대한다.

교사의 작은 소망을 담고 희망을 바라본다. 지금 내가 하는 일을 소중히 하는 게 내일(來日)이 기대되는 삶이다.

걸어가는 길

새 길 만드는 일

앞으로 가야 할 길
빠르고 바른길만 있을까?
구불구불 험난한 길도 있다.

누구나 가야 할 길
혼자 가는 샛길도 있을까?
빠른 것 같지만 막힌 길도 있다.

내가 가야 할 길
원하는 길 바라는 길이 같을까?
천 리 길도 한 걸음부터 걸어간다.

함께 가야 하는 길
다른 길도 있을까?
내가 가야 할 이 길은
새 길을 만드는 일이다.

남북통일 기원

철조망과 실향민의 못다핀 진달래 꽃

2 학력(學歷)이 학력(學力)은 아니다

지금의

학생들은 미래 대한민국 민주시민이다.

마하트마 간디는 "국가의 미래는 현재 우리가 무엇을 하는가에 달려있다"라고 말했다. 학생들의 미래는 우리나라의 미래이고 인류의 미래이다. "지금 현명하게 잘 교육해야 한다"라는 의미이다. 미래는 바로 지금이다.

지금의 학생들은 성적에 대한 고민이 제일 많다.

왜 성적이 중요한가?

성적으로 대학을 결정하고 대학은 곧 직업과 관련이 많기 때문이다. 미래 진로에 안타깝게 생각한다.

창의력과 문제 해결 능력이 필요한 시대이다.

무엇인가 걱정된다고 걱정을 한다고 걱정이 해결되지 않는다.

걱정으로 해결되는 것은 아무것도 없다. 주어진 문제를 적절하게 해결하려면 문제에 집중하고 해결책을 생각한다. 그 문제를 해결하는 능력을 기르는 문제 해결력을 기르는 게 진정한 교육이다.

문제 해결 능력을 기르는 방법이 수학 문제 잘 풀면 되지 라고 생각할 수도 있다. 그렇지만 이 문제가 아니다. 문제를 해결하는 능력은 간단하다. 단순히 문제 해결의 원리를 배워 자신의 문제를 해결하면 되는 것이다.

어떻게?

왜?

문제를 이해해야 한다.

이유를 생각한다. 성적이 문제라면 왜 성적이 중요하지. '그래서 어떻게? 하란 말인가?' 늘 생각한다.

지금 내가 생각하는 원하는 문제가 무엇인가를 곰곰이 생각하면 된다. 해결책을 차근차근 생각하게 된다. 이렇게 생각하도록 시간을 주는 교육이 교사가 수업 중 해야 할 하나이다.

교육은 기다림이다.

교육은 생각하는 시간이 많이 필요하다.

학력(學力)이란 무엇인가?

학력(學歷)은 학교 교육과정을 마친 경력을 말한다.

"학력(學歷)은 학문을 닦아서 얻게 된 사회적 지위나 신분. 또는 출신 학교의 사회적 지위나 등급을 의미한다."라는 사전적 의미다.[5]

과거부터 현재까지 학력(學歷)이 높을수록 좋은 회사라는 곳에 취직했다. 직업을 선택해서 신분 상승과 가난에서 벗어날 기회가 많았다. 이런 현상이 우리나라이다.

그래서 과거 부모님들은 교육열이 매우 높고 교육에 많은 시간과 돈을 투자하는 경우가 많다. 학력(學歷)이 높을수록 고소득을 보장하며 직업의 근로 환경도 일반적인 환경보다 좋기 때문이다.

과거에는 학벌이 좋을수록 경제적인 부가 높을 가능성이 존재했다. 현재도 학벌 차가 소득 차로 이어져 삶의 만족도에 영향을 준다. 반듯이 그렇지는 않다.

---

5) https://namu.wiki/w/%ED%95%99%EB%A0%A5

우리나라에서는 학벌이 상위 계층으로 갈 수 있는 역할을 많이 했다. 지금은 서서히 변화되고 있지만 여전하다.

학력(學歷)이 학력(學力)과 비례하지 않는다.

학력(學力)을 기르는 게 진짜 능력이다.

학교에서의 학력(學力)이란 학력(學力)을 신장시키는 것을 의미한다. 즉 배우고 익히는 능력이다. 학력(學歷)을 만드는 일은 자신의 미래를 생각하고 계획해야 한다. 초중고대학의 진로와 진학과정을 생각하고 미래 직업과 연계하여 생각해야 한다.

우리나라는 학력이 높을수록 미래 직업 환경이 달라지기 때문이다.

교사는 학생에게 평생 학습하는 학력(學力)을 기르는 것이다.

즉 학력(學力)이 중요한 시대이다.

공부하는 학습 습관이 매우 중요하다.

학습은 곧 반복이다.

무엇을 익힌다는 것은 하루 이틀에 이루어지지 않는다.

끊임없는 노력의 결과이다.

실력(實力)이란 무엇인가?

실력은 내 능력(能力)이고, 나의 저력(底力)이다.

어느 분야에서든 경력이 쌓이면 경험이 많지만 새로운 경쟁사회에서 밀려나게 된다. 실력도 체력도 능력도 나이를 먹더라도 떨어지지 않게 노력한다.

공든 탑이 무너지지 않듯이, 전문적인 실력은 하루아침에 이루어지지 않는다.

톨스토이는 "고통은 깨달음을 준다. 고통이 없다면 우리는 성장할 수 없다. 고통과 슬픔을 경험한 후에 우리는 진리 하나를 얻는다. 만약 지금 당신에게 슬픔이 찾아왔다면 기쁘게 맞이하고 마음속으로 공부할 준비를 갖추라. 그러면 슬픔은 어느새 기쁨으로 바뀌고 고통은 즐거움으로 바뀔 것이다."라고 언급했다.

고진감래(苦盡甘來)이다.

'청춘은 돈으로 살 수 없다'라는 말이 있다. '시간은 돈이다.'라는 말도 있다. 시간을 낭비하면 안 된다는 의미다. 청춘은 우리 인생에서 한 번이다. 청춘 그 시절은 소중한 것이다.

이 시기 지나가기 전에 꿈을 이루도록 목표를 세우고 도전하는 게 청춘이다.

청소년기는 청춘의 시작이다,

청춘에 다양한 마음은 나를 아프게 한다. 그러니까 청춘이다. 청춘 시기에는 하고 싶은 것도 많고, 배우고 싶은 게 많은 시기이다. 덕후가 되는 시기이다.

공부는 나를 변화시킨다.

배우고 익히는 것 매우 중요하다. 공부는 한때이다. 시간과 기회가 늘 존재하지 않는다. 배울 수 있을 때 많이 배우고 안목을 넓히길 바란다. 배운 만큼 알게 되고, 아픈 만큼 성장하는 것이다.

세상은 변화하고 있다. 미래 세상에 대비하는 공부를 해야 한다. 학력을 중시하던 시대에서 능력이 중요한 시대가 된다.

능력은 실력이 되는 시대이다. 공부 잘하는 것도 능력이다. 공부하는 태도와 자세가 필요하다. 공부하는 고통은 길지 않다. 공부는 실력으로 인정받는 게 오늘날의 현실이다.

우리의 사명은 평생 공부해야 한다.

내가 네가 우리가 성장하고 발전하는 지름길이다. 실력과 노력은 비례하길 바랄 뿐이다.

우리나라는 인성교육진흥법은 2014년 법 제정한 세계 최초로 인성교육진흥법을 만들었다.

이 법은 "제1조에 목적으로 「대한민국헌법」에 따른 인간으로서의 존엄과 가치를 보장하고 「교육기본법」에 따른 교육이념을 바탕으로 건전하고 올바른 인성(人性)을 갖춘 국민을 육성하여 국가사회의 발전에 이바지함을 목적으로 한다."라고 되어 있다.

교육의 근본으로 인성 함양의 중요성을 강조하고 있다.

인성교육은 책으로 하는 게 아니라 올바르게 행동하고 실천하는 것이다.

학교는 인간의 기본을 가르치는 곳이다.

학생은 이 나라의 미래 인재이고 기둥이다.

질서에 대해 기본을 지키도록 권장하는 인성교육이 점점 더 힘들어지고 있다.

요즘 학생들 예절이 없다고들 걱정을 많이 한다.

교육 현장에서 터져 나오는 교사의 불만은 위험 수위를 넘어섰다. 학생들의 불만도 많이 있다. 우리나라의 일반적인 학교의 자연스러운 현상이다. 학교에서 질서와 규칙, 예절은 소중하다.

예절은 어른이 모범을 보이는 것이다.

국가는 사회에서 필요한 준법을 강조해야 한다.

방송에서 예절과 올바른 규칙 준수하는 홍보가 필요하다. 학교는 기본적인 학교생활 교육의 규칙과 질서가 필요하다.

조벽 도서 중《인성이 실력이다》책이 있다.

학교에서는 기본을 잘 지키는 교육을 추구한다. 교사와 학생이 신뢰하는 학교 교육을 해야 한다. 요즈음 예절을 배우려고 하지 않는 학생들이 너무 많이 나타나고 있어 안타깝다. 신뢰가 무너지는 지점이 이 부분이다.

인성이 제대로 이루어지기 위해서 제대로 교육을 시행해야 한다. 가정과 학교 사회의 전체적인 통합이 필요하다.

우리는 흔히 삶이 힘들 때 "고생 끝에 낙이 온다"라는 속담이 있다. 젊어서 고생은 사서도 한다는 말이 있다. 어려운 일이나 힘든 일을 겪은 뒤에는 반드시 좋은 일이 생긴다는 의미다. 이는 진리이고 사실이다. 다양한 경험을 많이 하는 것이 중요하다.

사자성어 고진감래(苦盡甘來) 이는 진리이고 철학이다.

역경과 능력은 비례한다.

'역경은 실력이다'

연꽃

역경

역경이 쌓이면 경험이 생기고
경험이 쌓이면 경력이 되고,

경력이 쌓이면 능력이 생기고
능력이 쌓이면 실력이 되고,

실력이 쌓이면
원하는 바 성취한다.

인천항

3 수업 철학은 존재하는가?

교사의 주 업무이다.

교사는 수업을 연구한다.

수업을 연구하고 학생을 가르친다. 교육과정의 핵심 역량 함양을 위하여 여러 가지 방법을 시도하려고 노력한다.

교사는 교과 전문성 향상과 학생들의 맞춤형 교육을 하기에 너무나도 바쁘다.

학교에서는 학기 중에 수업하고 평가하며, 평가 결과 점수와 역량을 학교생활기록부에 기록한다.

초등학생은 시험평가 하지 않기 때문에 순위를 나열하지 않는다. 학교 생활기록부에는 수업 시간 활동 사항을 기록한다.

중학교와 고등학교에서는 진학을 위하여 서열을 매겨야 한다. 학교생활을 기록하는 내용과 성적 등급, 석차 등의 결과는 상급학교 진학에 사용된다.

교사는 수업이 주 업무지만 추가적인 인성교육과 학생 상담, 학교폭력예방 등 업무를 해야 한다.

각 기관에서 쏟아지는 공문은 엄청나다. 학생 생활지도를 위하여 행정업무 경감을 요구한다. 학생 인원수라도 적으면 개인별 맞춤형 교육을 하고 싶지만 여의치 못하다.

배우고 가르치는 교사의 업무는 늘 이렇게 고되다.

수업하다가 공문처리 하는 건지 공문처리 하다 수업을 하는 건지 늘 바쁘다. 시간 없는데 필수 연수니 반드시 이수하고 이수증 제출하란다.

교사는 자율연수, 필수로 지정되는 연수를 하며 직무 수행에 필요한 역량 강화 연수를 매년 이수한다.

교사는 학기 중 바쁘다 바빠.

교사 전문성 향상과 교실 수업 개선을 위한 수업을 연구하고자 하나 늘 퇴근 시간이 다가온다. 학교에서 피할 수 없는 일이 너무나도 많다.

'피할 수 없으면 즐겨라'라는 말이 있다.

학교 업무가 즐기기에는 너무 어려운 상황이 되었다. 피할 수 없는 일을 억지로 즐기는 것이 과연 행복한 일일까?

좋은 수업 하려면 대화가 기본이다. 학생과 대화, 선배 교사와 대화를 많이 하면 할수록 배움이 많게 된다.

수업 연구할 시간도 없이 공문처리에 바쁜데 어떻게 하나?

교사는 가르치고 연구하니 바쁜 것이다. 주변 교사와 수업 대화를 많이 하고 연구하면 몰랐던 것을 배우는 기회가 된다. 이때 듣는 정보 나눔에 깨달음은 너무나 크다.

매일 반복하는 게 교사의 일상이다. 1주일, 1달, 1년을 반복하는 삶이 교사다. 문제가 생기면 고민하지 말고 도움을 청하자.

어떻게?

대화는 모든 것을 해결하는 방법이 된다.

학기를 마치면 어느 날 그때 학생들을 자세히 보게 된다. 학생들을 자세하게 관찰하고 상담할 시간이 늘 부족하기 마련이다.

어쩌다 시간 내어 상담하거나 연구하려면 각종 회의를 한다고 한다. 학기 중에는 회의나 연수를 줄이는 게 교사에게 도움을 준다. 수업 전문가로 연구하고 가르치고 싶은 게 소망이다.

교사는 학급 담임 업무를 한다.

학생을 이해하고 격려하고 지지하는 상담할 시간이 부족하다. 상담전문가로 지내는 게 교사의 일상이다. 학생은 상담해야 제대로 파악할 수 있다.

교사는 학생의 인격을 존중하고 개성을 중시한다.

학생들의 능력이 최대한으로 발휘될 수 있도록 지지와 격려를 해주어야 한다. 수업 시간에 학생들이 고분고분하면 좋겠지만 그렇지 않다. 공감할 수 없을 정도의 소란과 장난도 한다. 이해하고 싶지만 늘 안타깝고 속상하다. 요즘 사춘기 학생은 선(先) 행동이요, 후(後) 사고(思考) 수준으로 가르치기 정말 힘들다.

교사도 지지받고 싶다. 늘 인내를 많이 한다.

교사도 '인정받고 격려받고 상담받고 치유하고 싶다.'라고 하는 경우가 많아지고 있다. 공감하는 부분이 있다면 지지해주는 마음을 보낸다.

학교에서는 진로 교육이야말로 정말 중요하다.

그러나 학교에서는 시험 보는 과목, 수능에 관련 있는 과목만을 열심히 하는 것이 공부인 양 지내는 학생들이 너무 많다. 이를 걱정하게 된다. 진학을 위한 교육이 아니라 개인의 특성과 소질에 맞는 진로 필요성이 요구된다. 개인의 미래를 위하여 나아갈 길이 진로 교육이다.

학교 교육은 학생들에게 진로에 어떤 도움을 주어야 하는가?

학교는 학생들에게 창의적인 진로를 탐색하고, 체험하고 진로를 스스로 개척하는 학생을 키우는 데 이바지하기 기대한다.

명문대 보내기 목표를 두고 학생을 가르친다면 교사의 본분을 다했다고 할 수 있을까?

소속된 학교는 졸업하는 학생 중에서 몇 명이라도 명문대 입학해서 나쁠 게 없지만 그게 교육의 목표는 아니지 않는가?

이유는 묻지 않아도 너도 알고 나도 알고 국민 모두 잘 알고 있다. 미래 경제적인 보상이 많으니까 그 분야의 진로를 위해서 진학하는 것이다. 진짜 소질과 능력 적성과 흥미 잘하고 보람 있는 일을 선택하는 경우는 극히 적다.

국가는 꼰대 교사를 존중해야 한다. 이유는 그동안의 노력과 공헌을 생각해보면 알 수 있는 것이다.

탈무드에는 "뛰어난 사람은 두 가지 교육을 받고 있다. 그 하나는 교사로부터 받는 교육이요, 다른 하나는 자기 자신으로부터 받는 것이다"라고 되어 있다. 꼰대의 경험으로 세상을 바라보면 내 기대치가 높게 바라본다.

우리나라의 성장과 발전이 개인의 노력도 있지만, 인재가 되도록 가르친 자는 누구인가?

그들에게 존중과 존경의 대상이 되어야 나라의 미래가 밝다.

미래 인재가 누구인가?

그리스의 철학자 디오게네스는 "모든 국가의 기초는 그 나라 젊은이들의 교육이다."라고 말했다.

국가는 미래 인재가 행복하게 살아가도록 배우고자 하는 열정과 노력에 지원해야 한다.

이대

능력

국적(國籍)은 바꿀 수 있어도
학적(學籍)은 바꿀 수 없나 보다
학위(學位)가 필요한가 ?
학력(學歷)이 필요한가 ?
학력(學力)이 중요하다.

능력(能力)은 경력(經歷)이다
경력(經力)은 역경(逆境)에서 나온다
경력(經歷)은 실력(實力)이다
실력(實力)이란 무엇인가 ?
학력(學力), 저력(底力)
체력(體力), 매력(魅力)

인간적인 매력(魅力)은
훌륭한 능력(能力)이다.

고목 아래 빈 의자

5 강산도 십 년이 되면 변한다

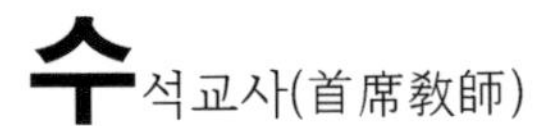

2011년 11월 수석교사 법제화되었다.

수석교사 제도가 10년이나 넘었는데 수석교사 제도는 이대로 좋은가?

수석교사 제도의 시행부터 정책은 추진되고 있었으나 오늘날의 수석교사 제도는 지지부진하고 선발하지 않고 있으니 제도가 유명무실이 되어가고 있다. 수석교사 선발도 각 시·도교육청의 자율적인 운영으로 진전하지 못하고 후퇴하는 상황이 안타까움을 표한다. 교사의 교수·연구 활동을 지원한다는 목적 달성을 하지 못하고 재도약의 계기마저 없는 모양새이다.

맹자는 "하늘이 장차 그 사람에게 큰 사명을 주려고 할 때는 반드시 먼저 그의 마음과 뜻을 흔들어 고통스럽게 하고, 그 힘줄과 뼈를 굶주리게 하여 궁핍하게 만들어 그가 하고자 하는 일을 흔들고 어지럽게 하나니, 그것은 타고난 작고 못난 성품을 인내로써 담금질하여 하늘의 사명을 능히 감당할 만하도록 그 기국과 역량을 키워주기 위함이다."라고 언급했다.

이 마음이 내 마음이고, 그 마음에 내 마음도 같게 느껴진다.

고진감래이다.

교사가 교육 활동에 전념하는 분위기 조성이 필요하다.

요즈음 교사가 전문성 신장 실현에 이바지하려는 의욕마저 소진된다. 교육 여건이 반드시 개선되길 바란다. 수업을 연구할 시간이 필요하므로 업무를 경감 해야 한다. 국가는 교육의 양적인 기대와 질적으로 향상하게 시켜 공교육의 신뢰를 회복해야 한다.

수석교사 선발과 배치는 누구를 위한 정책인가?

수석교사 제도는 확실한 교사의 전문성을 지원하는 제도이다.

학교 문화와 교육시스템의 개혁 필요하다.

수석교사가 공교육의 질 제고에 도움이 되는 방향으로 이바지할 것이다.

수석교사 제도는 지속적인 선발과 배치가 필요하다. 수석교사 법제화 10년이 지나고 있다. 초기의 제도 안착에 이원화는커녕 수석교사 권한과 책임이 모호한 상황은 그때 나 지금이나 별반 다르지 않다.

학교에서의 상생하는 길이 바람직하다. 법령의 미비로 수석교사들은 퇴직하고 남아있는 분들 또한 열정과 사랑이 점점 식어가고 있어 걱정이다. 수석교사 본연의 직무 수행에 이렇게도 힘들은데 교사의 속상함도 마찬가지이다. 교사 중에는 수석교사가 있는지도 모르는 경우도 있다. 1교 1수석교사 제도는 교육 현장에서 기대도 하지 않는 것 같다. 이유야 많지만 모두 바빠서 관심이 없다. 신규교사, 저 경력 교사의 수업 전문성 향상에 수석교사 제도가 좋은 길잡이가 될 것으로 희망한다.

수석교사의 길을 걷다 보니「땡벌」노랫말이 내 마음 같다.

이제 몸이 지쳤어요~

기다리는 이 마음 너무 아파요~

기다리다 지쳤어요. ~

자꾸 이 노래가 생각이 난다.

수석교사의 역경은 무엇인가?

참고 기다리면 다 알아서 해줄까?

수석교사는 국가에 이로움이 없을까?

어떤 이로움이 있을까?

국가에 이로움이 있다면 기다리면 될까?

누군가는 기대할 것이고 누군가는 싫어할 사항이 아니다.

우리나라의 공교육 발전과 학생 교육에 도움이 된다면 더 이상 바랄 게 없다. 교사는 수업에서의 행복이 희망이다. 1교 1수석교사는교사에게 꿈과 희망이 되고 싶다.

교사는 지지와 격려로 행복을 느낀다고 한다. 어렵고 힘든 일이 없진 않지만 사실이다.

수석교사가 교육과정·수업·평가의 전문성을 바탕으로 학교 수업 지원에 많은 역할을 하고 싶다.

수석교사로서 역할을 잘할 수 있도록 정원외 배치해야 제 역할도 하고 주변의 동료 교사에게도 인정받는다.

나도 이제 기쁨과 아픔이 모두 내 탓이라 하며 내려놓는다.

수석교사 자리매김이 수석교사 탓 뿐일까?

교육부, 시도교육청, 각 학교의 누구 탓일까?

수석교사 법제화 십 년이 지났다. 무엇이 변화했을까?

대한민국 국민은 잘 모른다.
대한민국의 교육의 이념을 알까?

공교육 기관 각 학교의 역할을 제대로 하려면 학교 교육에서 소중한 게 무엇인지를 알고 지원하기를 바란다.
학부모와 정부는 생각이 다르다. 부모는 오로지 내 자녀의 학업 성적에 관심이 있을 뿐~.
학교는 하루하루가 너무나도 다르다. 수석교사는 배워서 남 주는 게 일이다. 수석교사는 모르는 것 배우는 즐거움으로, 학생과 교사에게 가르치는 즐거움으로, 더불어 봉사하는 즐거움으로 산다.
교사가 생계유지의 직업이 아니라 사회에 이바지하는 자아실현의 꿈을 이루도록 바랄 뿐이다.

영종도 해변(인천)

모두 아름답게

국가는 나라답게

교육제도는 교육답게

교육은 사람답게

학교는 아름답게

교사는 스승답게

부모는 학부모답게

학생은

잘 배워 나답게

모두 다 아름답게

고향

교육의 목표는

무엇을

사고하는가가 아니라

사고하기를

가르치는 것이다.

존 듀이(John Dewey)

예당저수지(충남)

4장

대한민국 행복한 희망을 바라다

4장 대한민국의 행복한 희망을 바라다

4장 대한민국의 행복한 희망을 바라다

생각을 바꾸면 수업이 바뀐다.
학교에서는
수업을 공개하고 수업을 연구하는
학교 문화가 필요하다.

수석교사(首席敎師)가 학교에 배치되어
새로운 학교 문화를 기대한다.
우리나라 학교의 작은 소망을 담고 교육 희망을
간단하게 살펴본다.

봄바람

1 교육의 질을 다시 생각하다

교육은 희망이다.

교육은 영어로 'education'이다. '밖으로 끄집어내다'라는 의미다. 학생들의 잠재력을 이끌어 내어 낼 수 있도록 능력을 기르는 게 교육이다. 교사는 도움을 주는 역할을 하는 퍼실리테이터(facilitator) 이다.

교육은 왜 하지?

지금의 교육 경쟁력이 곧 미래 국가 경쟁력이다. 지금의 학생이 미래 우리나라 인재이기 때문이다. 우리나라는 세계 100위권 안에 드는 대학이 소수이며 대학 진학률은 세계 1위 국가이다.

학교가 학교 교육 전반을 책임지고 운영할 수 있도록 자율성을 강화하는 정책이 필요하다.

교육의 내실화를 통한 교육이 필요한 시점이다.

교육의 수준은 교사의 자질과 능력에 의해 좌우된다고 해도 과언이 아니다. '교육의 질은 교사의 질을 넘어설 수 없다'라는 말이 있다. 학교 교육에 있어서 교사의 역할은 중요하다.

학교의 교사가 주로 교육활동 하기 때문이다.

교과 내용에 대한 수업의 질을 좌우하는 게 교사이다.

결국 수업으로 교육을 수행하는 것은 교사이다. 이러한 의미에서 현장에 있는 교사 한 사람 한 사람은 교육의 질이 교육 현장의 가장 중요한 사항이다.

'교육의 질은 교사의 질을 넘어설 수 없다.'라는 말이 있다.

그렇다면 교육 환경의 질은 누구한테 달려있을까?

교육제도의 질은 누구한테 달려있을까?

교육의 질은 시설, 환경, 학습자의 태도 등 다양하다. 특히 교사의 수업 연구에 대한 환경이 제공되고 업무 경감이 된다면 교육의 질을 끌어 올릴 수 있다고 생각한다.

톨스토이는 "교육은 많은 책을 필요로 하고, 지혜는 많은 시간을 필요로 한다."라고 말했다.

사람은 책을 만들고, 책은 사람을 만든다.

교육에는 독서가 기본임을 의미한다. 책을 잘 읽는 자는 미래의 지도자가 된다.

독서는 교육의 기본이다. 요즘 학생들은 책 읽기는 잘 하지 않고 핸드폰을 늘 달고 지낸다. 책을 읽는 게 아니라 글을 보는 경우가 너무나도 많다. 지식을 쌓는 지름길은 독서 말고 다른 방법이 있는가?

교육(敎育)은 힘들다.

힘드니까 교사다.

교육은 잘하도록 가르치고 능력을 배양하는 것이다. 학생들이 하기 싫다고 한다. '못해요, 싫어요' 한다. 어찌하나. 지식을 습득하게 도와주는 것은 기본적인 교육의 첫 번째 과정이다. 학생이 활동하고 참여하는 방법과 경험을 많이 하도록 도와주는 게 학교 교사이다. 교사의 전문적인 능력이란 이런 것이다. 교사를 신뢰하고 교육의 여건이 개선되길 기대한다.

요즈음 학교 교실에서 수업 중 문제 행동하는 학생이 증가하고 있는 현상이다. 교권 추락의 민낯이다. 타이르거나 꾸짖으며 훈계하는 경우 정서 학대로 민원을 받기도 한다.

일부 교사는 소송에 휘말려 인권침해로 몰리기도 한다. 교사가 제지할 뾰족한 방법이 없어 걱정이다.

체벌이 없어진 지 오래되었고, 기합은 절대 안 되는 현실이다. 큰소리는 당연히 하지 못하며, 교실 뒤편에 가서 반성하고 서 있게 하지도 못하는 지금의 상황이다.

학교 현장에서 학생들의 의무와 책임을 가르치고 있지만, 도대체 말을 듣지 않은 학생 때문에 '힘들다'라고 한다,

교권 회복과 수업권을 위하여 보호할 대책이 필요하다. 다른 많은 학생이 피해를 보지 않도록 생활지도의 규칙과 법이 필요한 시점이다.

세상에 ~

이런 것을 해결할 법이 없네요.

학교 세상이 이래도 되나요?

학교 현장에서 교권 침해를 받지 않도록 생활지도 법 개정이 필요하다.

법으로만 해결할 수 없다.

없는 법 보다 있는 법이 좋다.

선생님을 존경하고 따르는 교육 풍토가 사라지고 있다.

교실은 안전과 안정이 필요하다. 안정적인 학습 분위기는 선생님의 권리를 보호하는 교육권과 동시에 학생들의 학습권도 보장되는 것이다.

현재 교육을 "19세기의 교실에서, 20세기의 교사가, 21세기의 아이들을 가르친다."라는 말로 우리 교육의 현실을 이야기한 것이다.

요즈음엔 교육 환경을 개선하고 학교 공간구성과 아름답고 멋지게 시설을 바꾸고 있다. 시설이 좋으면 교육이 살아나는가?

인공지능의 시대가 다가온다.

교육에서 변화는 당연하게 될 것이다. 인공지능 기술에 교사가 수업에 적용하는 미래형 교수법을 활용하는 시대가 될 것이다. 변화에 대응하여 바꿀 것은 과감하게 바꿔야 한다. 학교에서 공부하는 훈련이 습관이 되어야 한다.

다시 한번 묻는다.

바꿔야 할 것은 많이 있는데 우선순위는 무엇인가?

시설과 환경만 바꾸면 되는가?

교육 환경의 질은 누구에게 달려있을까?

교육제도의 질은 누구에게 달려있을까?

무엇을 바꿔야 하나?

교사는 역량을 함양하기 위하여 대학원, 부전공연수, 직무연수, 자율연수 등 부단한 노력을 한다.

학교에서 교사는 학생들과 하루는 보낸다.

수업, 업무, 상담, 급식 지도, 교실 청소 지도 등 바쁜 학교생활을 년 중 지속한다.

이런 일을 매일 하는 게 교사의 삶이다.

이 일에 행복을 느낀다. 교사의 삶은 화려하지도 못하고 사회적 명성은 낮을지 모르나 소중한 일이다.

가화만사성(家和萬事成)이란 말이 있다.

집안이 화목하면 모든 일이 잘 이루어진다.

가정에서부터 사회가 모두 행복해야 모든 것이 잘 이루어진다.

페스탈로치는 "가정은 도덕상의 학교다. 가정에서의 인성교육은 중요하다."라고 강조했다. 교육의 기본은 가정이다.

가정에서 자녀 교육과 부모의 교육에 대한 가치가 중요하다.

가정은 사회를 이루는 기본이다.

학교는 사회인이 되는 최소한의 교육을 담당한다.

가정과 학교, 사회와 국가에서 기본이 바로 서는 교육을 시도해보자.

학교는 사화만사성(師和萬事成)이다.

교사가 행복해야, 학생들이 행복하다.
이유는 간단하다.
학교의 교사는 미래 인재를 가르치는 곳이다.

미래 민주 시민의 자질을 함양하도록 가르치는 장소이다.
사회인으로 성장하여 홍익인간의 가치를 실현하는 게 교육의 목적이다. 행복한 교사가 행복한 학교를 만든다. 행복한 학생은 행복한 사회의 근본이 된다. 행복한 사회는 행복한 국가가 되는 지름길이다. 행복한 나라가 이루어지길 바란다.
모두가 행복한 학교에서 모두가 행복한 사회로, 모두가 행복한 사회에서 모두가 행복한 국가로 나아갈 시점이다.

우리나라는 제대로 된 교육을 통해 미래 일류국가로 나아갈 전환점이다. 모두가 행복한 학교가 될 수 있기를 기대한다.

을왕리해수욕장(인천)

사화만사성(師和萬事成)

교사가 행복하면
모든 일이 잘 이루어진다네

교사가 행복해야 학생들이 행복하다네
학생이 행복해야 학부모도 행복하다네
학부모가 행복하면 학교가 행복하다네

행복한 학교는
교사에 달려있다네
가정과 학교, 사회에서
모두 행복해지는 방법이라네

모두가 행복한 학교가 되기를 기대한다네
이는 진리라네
사화만사성이다.

2 학교 문화에 대하여

학교는

학생들의 놀이터이고,

교사가 가르치고 연구하는 장소이다.

학생을 가르치는 교사는 수업 전문성을 갖추고 있다. 공개 시험으로 경쟁이 치열한 임용고시를 거쳐 교사가 된다. 신규교사의 임용고사 실력은 뛰어나다. 교사로 임용되면 매일 수업하고 충실하게 학생을 가르친다. 동료 교사와 협력하고 학생 상담과 생활지도 및 진로 안내를 하며 매일 지낸다.

교사는 가르치는 일을 즐겁게 하지만 업무수행에 많은 어려움도 느끼며 지낸다. 특히 학생들의 생활 태도와 학습 습관의 상담에 가장 힘들게 느끼고 있다. 교사는 상담에 많은 시간이 필요하다. 학교 생활 동기를 부여하는 게 교사이다.

학생에게 자존감을 높이는 말을 자주 해주어야 한다.

삶에 자신감 있게 학교생활을 잘 유지하도록 안내한다. 매우 가치 있는 일이다. 담임교사와 교과교사가 해야 할 이보다 중요한 일이 있을까? 요즘의 학교는 상담할 시간도 없이 바쁘다. 학원 간다며 학교 교사 상담을 하지 않는 학생들 안타까울 따름이다.

어느 정신병원장은 요즘 코로나로 인하여 우울감, 불안 등 우울증에 빠지는 학생이 증가하고 있어 걱정이 많다고 한다.

청소년의 우울증에 대해 학교에서 적극적인 개입이 필요하다.

학교에서 상담은 우선순위에서 밀린다.

교사와 학생 간에 일어나는 문제를 옆에 있는 선배 교사, 부장교사에 질문하여 해결하면 다행이다. 그분들도 또한 각자 학교 업무에 바쁘다. 어렵게 느끼는 업무가 경력에 따라 차이가 있다. 다만 누구와 정보를 나누어야 할지 고민이 많다.

학생도 상담이 필요하듯이 교사도 상담이 필요하다.

학교는 매일 변화무쌍하다. '럭비공이 어디로 튕길지, 개구리가 어느 방향으로 튈지 모른다'라고 한다.

학생들이 이렇다.

학생을 럭비공이나 개구리로 비유하는 게 아니다.

어떻게 될지 모른다는 것이다. 어제는 고분고분하더니 오늘은 대들거나 반항한다. 그래서 교사는 전문가와 상담하고 싶다. 내 마음도 진정이 필요하고 자존감을 높이고 싶다. 늘 당당하고 자신감 있는 학교생활 하고 싶다는 교사가 너무나도 많다. 가끔 자괴감도 느낀다.

학생들은 질풍노도의 시기이다.

요즈음 청소년들은 정말 가르치기가 예전과 같지 않다. 특히 수업 시간 학생들의 태도가 바르지 못하면 더욱 심하게 느낀다. 교사도 평상시 스트레스를 많이 받으며 지낸다. 대책은 없지만 어쩔 수 없다. 교사가 교실에서 제대로 교육하고 싶다. 고경력의 학교생활 전문가인 수석교사가 있으면 컨설팅 지원할 텐데 우리 학교에는 수석교사가 없다. 필요할 때 누군가에게 도움을 도와주어야 한다.

수석교사는 컨설팅을 지원한다.

교사를 존중하며 인정받는 교사로 성장하는데 밑거름이 되기를 기대하며 교사에게 함께 하자고 제안한다. 수업 친구로 살고 싶다.

미래 융합 수업을 위한 새로운 아이디어를 나누고, 교실 수업을 개선하는 방법을 궁리하자고 제안한다. 강의 중심에서 학생 주도형 수업으로 변화하는 방법을 나누자고 요구한다. 프로젝트 수업의 기회를 확대하며 교사들의 전문성 강화를 위해 지원하고 싶다. 원하는 바 이루어질지 걱정이다.

수석교사는 다양한 교육 경험과 인생 경험을 저경력 교사에게 정보를 제공한다. 만나면 수업 친구가 되고 싶다. 허심탄회하게 수업 이야기를 나누고 싶다.

변화하는 교육 환경에 적응해야 한다. 수업을 위해 학습자 특성과 교육과정에 대해 새로운 에듀테크 교육 환경을 적용한다. 교실 수업의 방법 사례를 공유한다. 수업의 본질을 추구하는 실제적인 방법을 나눈다. 정보를 제공하며 학습자료를 준다.

수석교사는 학교 현장에서 퍼실리테이터(Facilitator)이다.

학교 활동의 대부분을 차지하는 수업 활동에 관여하여 효과적으로 학습 목표를 달성할 수 있도록 촉진하고 지원하는 자이다.

수석교사는 정보와 자료를 주는 Giver이며, 도움을 주는 Helper이다.

모든 분야 다 잘할 수는 없지만 그래도 소통의 중재자이어야 하며 누구와도 막힘이 없는 소통의 달인이 되어야 한다.

4차 산업 혁명이란 말이 사용된 후 시간이 많이 흘렀다.

학교 문화도 시대에 걸맞게 합리적으로 개선하여야 한다. 학교를 업무 중심에서 수업 중심으로의 변화가 필요함을 느끼며 개선이 되길 희망한다.

디지털 시대 인공지능 로봇이 등장하고, 학생도 많이 변화하고 있다.

21세기 핵심역량 4C를 의사소통 능력(Communication), 협업능력(Collaboration), 비판적 사고능력(Critical Thinking), 창의력 (Creativity)을 다시 강조한다. 이제는 추가로 필요한 능력이 요구된다. 바로 창의 융합 능력이다. 컴퓨터활용능력(CQ)은 필수이다,

새로운 정보를 습득한 후 기본 정보와 융합할 줄 아는 능력을 말한다. 이는 기존의 “전화기+인터넷+MP3+녹음기+카메라” 기능이 합쳐져서 스마트폰을 탄생시킨 것처럼 이제는 융합인재가 필요한 시대이다.

교육 환경의 변화에 적절하게 적응해야 한다.

기존의 학교 업무를 통합하고 새롭게 재배치하여 교사 중심에서 학생 중심으로 변화를 요구한다. 공간 혁신이 이루어지고 있으며 지역과 함께하는 마을 교육도 정착이 되어야 할 때이다.

학생 한 명 한 명 맞춤형 교육이 절실하게 필요한 시기이다.

지금이 적기이며 기회가 될 것이다.

공부의 진정한 의미를 다시 기억하며 역량 함양 및 역량 강화를 해야 한다. 개인의 창의성과 인성이 제일이다. 이를 위한 교육이 기본이 바로 서는 교육이다..

학생들이 미래 변화에 능동적으로 대처해야 하지 않겠는가?

학교와 국가는 책임을 지고 교육하는 게 정상이 아니겠는가?

홍익인간은 우리나라 교육의 이념이다. 미래는 홍익인간 이념으로 인간다운 삶을 영위할 수 있도록 필요한 능력을 길러주어야 할 것이다.

미래형 교육과정을 기대한다.
미래형 교사 양성 시스템도 변화해야 한다.
교사의 미래 역량도 함양되길 희망한다.

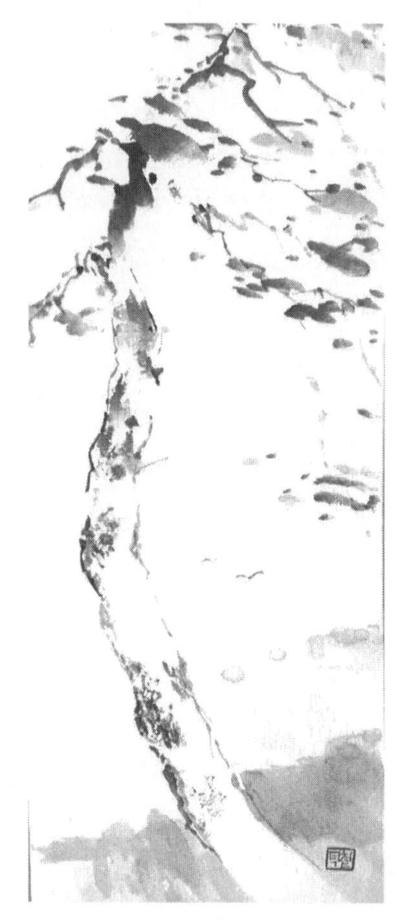

노송

신언서판(身言書判)

신(身)은 몸가짐이요 예의범절이고
용모단정과 미소 짓는 밝은 표정이요

언(言)은 말빨이요 긍정적인 언어이고
경청과 공감과 공손하고 따뜻한 말이요

서(書)는 필적이요 오늘날 메시지 표현이고
존중하는 표현과 바른 말 고운 말의 사용이요

판(判)은 옳고 그름을 올바르게 판단하는 이치이고
인격을 판단하는 도덕적 가치관이 되리라

신언서판
척 보면 다 안단 말이야

월류봉(충북)

3 생각을 바꾸면 수업이 바뀐다

학교에서는 수업이 기본이다.

초、중등교육법 법규에는 제20조에는 교직원의 임무가 구정되어 있다.

교사가 할 수 있는 일과 할 수 없는 일, 그리고 해서는 안 되는 일도 많이 있다. 수석교사는 각 시·도교육청 사정에 따라 지역 특성에 맞게 각 학교에 배치된다.

각 학교에서 교장과 교감, 수석교사, 교사의 역할이 다르다. 자세한 내용은 5장에서 다룬다.

수석교사의 직무가 시도교육청에는 규정이 각각 다르다.

수석교사는 학기 중 진행하거나 추진하는 업무가 여러 가지다.

우선 소속 학교에서 교사가 수업해야 하며 해당 교과에 대해 신규교사, 저 경력 교사, 동료 교사, 기간제교사, 교육 실습생에 대한 수업 컨설팅을 담당한다.

수석교사는 소속 교육청 또는 시.도교육청 차원에서도 해당 교과 연구수업 등을 참관 및 조언한다. 또한 현장 연구 및 수업 연구대회 등 컨설팅 장학 활동과 교과 관련 컨설팅을 한다. 학습지도 관련 학교 내 여러 과정에서 전문가로서 역할 수행한다.

일부 연수기관 등에서 강의도 한다. 학교 교사의 주제별 전문적 학습공동체 학습조직화가 이루어지도록 지원하며 추진하는 경우가 많다.

학생 주도형 수업, 어떻게 할까?

수업에서는 교과 내용의 지식 교육을 우선으로 한다.

학생에게 생활지도 하면서 개인별 맞춤형 교육을 해야 한다. 학생 수가 많은 대규모 학교가 존재한다. 쉽지는 않다. 요즘 학생들 정말 배우려고 하지 않고 수업 시간 예절을 지키지 않는 학생들이 증가하고 있다.

일부는 아예 교사를 무시하는 행동을 한다.

수석교사도 태도 지키기가 힘들다.

일반교사도 마찬가지일 것이다. 수업이 점점 힘들어지고 있는 이유가 이것이다. 교사는 수업하는 교실에서 행복해져야 하는데 걱정이다.

수석교사는 수업 전문성이 신장 될 수 있도록 지속해서 필요한 지식과 정보를 습득하는 연수 이수를 해야 한다.

교사를 위한 교사로 동료 교사들에게 다양한 지식과 정보를 제공해야 할 의무가 있다. 동료 교사들보다 앞서 노력하고 준비하고 앞장서야 한다.

교사를 지원하는 역할에 노력하면서 앞으로 얼마큼이든 좋아지길 기대한다.

수석교사는 습득해야 할 지식과 정보가 무엇인지를 파악하기 위해서는 우선 미래가 요구하는 교육과 교사의 역량을 살펴보아야 한다.

벤자민 프랭클린은 "말하면 잊어버리고, 가르쳐주면 기억할 수 있고, 참여하면 배울 수 있습니다."라고 말했다. 교육은 참여이고 행동으로 하는 것이다. 교육은 배운 것을 행하는 것이다.

한국교육개발원의 『수석교사제 정착 과제 보고서(2012)』에 있는 내용 중 교사의 역할과 자질에 해당하는 일부분이다. 보고서 내용이 십 년이 지났다. 우리에게 던지는 메시지는 명확하다.

교사의 전문성은 곧 수석교사의 전문성과 크게 다르지는 않다.

미래 사회가 요구하는 교육을 담당할 미래의 교사는 자질 및 태도는 다음과 같다.

“폭넓은 안목(글로벌 안목) 긍정적이며 적극적인 사고방식과 태도, 학생에 관한 관심, 배려(학생 존중), 학교(학급) 경영을 위한 창의적 리더십 및 적극적 참여 자세 전문지식 및 역량, 교과에 대한 전문지식, 비교과(창의적 체험활동)에 대한 전문지식, 강의, 실험, 실습, 토론, 대화, 수업 등을 할 수 있는 수업 전문성, 수행평가, 지필평가, 고사 관리 등을 수행할 수 있는 평가 전문성 등이다”라고 언급했다.

다만 수석교사는 교사에게 교수 연구 활동을 지원하므로 좀 더 구체적이고 미래지향적인 전문성을 갖추어야 한다는 것이다.

미래 교사에게 요구되는 다양한 역량과 지식은 수석교사에게 요구되는 것이 아니라 모든 교사에게 요구되는 것이다.[3)]

괴테는 “타인의 마음을 이해하는 일에는 요령이 있다. 누구를 대하든 자신이 아랫사람이 되는 것이다.

그러면 저절로 자세가 겸손해지고, 이로써 상대에게 좋은 인상을 안겨준다. 그리고 상대는 마음을 연다.”라고 말한다.

내 마음이 중요한 것이 아니라 타인과 함께 행복하게 지내는 마음이 중요하다.

한마디로 역지사지이며, 동변상련이다.

한국교육개발원의 수석교사제 정착 과제 보고서에 "수석교사들이 책임감 있게 자신의 역할을 다할 수 있도록 조정과 지원이 필요하다."라고 했다.

"수석교사라면 미래 교육이 요구하는 교사의 다양한 자질, 지식 등은 기본으로 소유하고 있어야 함과 동시에 앞으로 요구될 수밖에 없는 교사의 다양한 자질, 지식 등을 동료 교사에게 전달할 수 있는 능력 또한 지니고 있어야 한다. 이러한 능력은 지속적이면서 집중적으로 수석교사가 갖출 수 있도록 연수를 통해 배양해야 할 것."이라고 제언했다.4)

교사는 교과에 대해 깊고 넓은 지식과 전문적 식견을 가지고 있다. 지식과 태도를 함양하도록 열심히 가르친다.

교사는 학생 개개인을 맞춤형 인성교육을 꾸준히 시켜야 한다는 사명감이 있다. 수석교사는 수업 역량이 우수하여 수업 전문성을 인정받아 선발되었다.

학생을 잘 가르쳐서 선발되었는데 이제 코칭도 잘 해야한다.

바쁜 학교에서 잠시 멈추고 나를 사랑하는 시간을 가질 것을 권한다. 코칭을 잠시 멈추고 주변을 관찰해보자. 주변을 잘 살펴보면서 삶을 살아가자. 수업하기 싫은 교사도 있고 배우기를 싫어하는 학생도 증가하고 있다.

코칭은 관찰이다.

손자병법의 구절 “知彼知己 百戰不殆(지피지기 백전불태)”를 해석하면 ‘적을 알고 나를 알면 백번 싸워도 위태로움이 없으며, 적을 알지 못하고 나를 알면 한 번 이기고 한 번 지며, 적을 모르고 나를 모르면 싸움마다 반드시 위태롭다’라는 뜻이다.

학생들에 대해 잘 분석하고 관찰하고 상담 해야 한다.

학생이 적은 아니고 상대를 제대로 파악해서 교육 해야 한다는 의미다.

학생의 주변을 아는 게 중요하다. 교우관계 및 가정 환경이다.

기본 학습 태도도 알아야 교우관계도 파악하기 쉽다.

학생을 제대로 알면 교육하면서 이해하게 된다는 뜻이다.

요즘 우리나라 학교는 학생들의 무례가 이루 말할 수 없는 상황에서 빨간불이 켜진 상태이다. 교사는 좋은 수업을 위해 안간힘을 쏟고 있지만, 교사의 수업권과 존중에 대해 이미 바닥을 치고 있다.

수업 시간 교실 붕괴의 심각한 위기에 걱정이 앞선다. 이쯤 되니 학생들에 대한 열정과 사랑이 식을까 걱정이다.

교사는 교육에 대한 열정, 노력과 실천은 교직에 대한 긍지와 보람으로 사는 것이다.

디지털 대전환 시대에 유·초·중·고등학교 교사는 역량을 강화하는 일은 중요한 일이다.

더 중요한 것이 있다.

나의 일에 조급해하지 말고 조바심 내지 말고, 성숙함을 보여 주고 잘 할 수 있는 만큼 최선을 다하기를 다짐해본다.

내가 하는 일을 사랑하자.
생각을 바꾸자. 생각을 바꾸면 수업이 바뀐다.
나는 무엇을 잘할까?
I CAN DO IT

치악산 설경(강원도)

교사의 행복이다

시작종 칠 때
들어갈 교실이 있다는 게

수업할 때
의미와 가치를 나누는 게

함께할 때
즐거움과 만족이 느껴지는 게

마치는 종 칠 때
아쉬움에 즐거움이 교차하는 게

교실 나올 때
보람과 만족을 느끼는 게

늘 반복하는 게
교사의 행복이다.

소나무(서울 북한산)

4 아름다운 학교 행복한 생활로

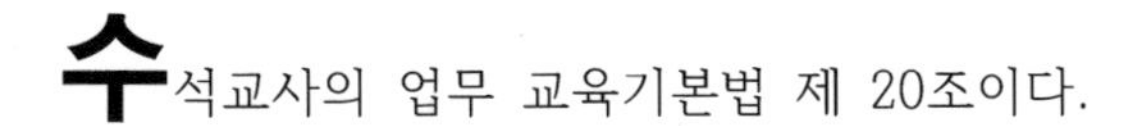

수석교사의 업무 교육기본법 제 20조이다.

> ③ 수석교사는 교사의 교수·연구 활동을 지원하며, 학생을 교육한다.

수석교사는 각 학교에 배치되면 주어진 업무를 하며 교사에게 교수 연구활동을 지원하는 역할을 담당한다.

업무 활동은 교수활동과 연구 활동으로 구분할 수 있다.

수석교사는 본인의 수업을 공개하며 동료 교사의 수업을 참관하며 수업 후 적절한 조언을 한다.

수석교사는 공교육 기관의 학교에서 교사의 교수 연구 활동을 지원하는 업무를 한다.

학교 수업 문화를 개선하여 학생 한 명 한 명 맞춤형 교육을 하도록 지원하는 것이다.

영국의 철학자이자 수학자인 앨프리드 화이트헤드(Alfred North Whitehead)는 "보통 교사는 지껄인다. 좋은 교사는 잘 가르친다. 훌륭한 교사는 스스로 해 보인다. 위대한 교사는 가슴에 불을 지른다."라고 언급했다.

읽을수록 볼수록 이는 참으로 나를 깨닫게 한다. 갖추어야 할 사랑과 열정을 생각하게 한다.

상대에게 가슴에 불을 지르는 방법을 가슴에 품고 싶다. 모든 일에 열정을 유지하자고 다시 다짐해본다.

수석교사 역할이다.

신규교사의 수업 멘토링 하며 정보를 제공한다.

각종 연수와 워크숍 강의 및 참가 등의 역할 수행해야 한다.

본인 수업을 하며, 교내 교외 공개수업을 한다.

수석교사는 교사의 교수·연구 활동을 지원한다.

교수 활동이란 무엇인가?

수석교사가 하는 교수 활동하는 과정에서의 핵심 업무는 크게 두 가지로 다음과 같이 요약한다.

첫째, 수업 컨설팅이다.

신규교사나 저 경력 교사들의 수업에 참관하고 수업 나눔을 하며 교수 방법과 수업 방법에 대하여 컨설팅한다. 재직 학교의 전 교사를 대상으로 수업 참관을 한다.

그뿐만 아니라 본인 수업의 공개이다.

교내 및 교외 교사에게 매년 공개수업을 실시한다. 교내 공개수업은 학교 계획에 따라 실시하고 교외 공개수업은 외부에 공문을 발송하여 실시한다.

둘째, 신규교사 멘토링 한다.

신규 교사에게 멘토링 실시한다. 학교 또는 지역의 신규교사 멘토링 실시하여 교사 생활과 수업, 학교생활 업무와 인간관계에 대하여 경험을 지원한다.

북가섭암 산사(충남)

연구 활동이란 무엇인가?

수석교사는 수석교사의 연구 활동 핵심 업무는 다음과 같이 설명한다. 소속 학교나 교육청 단위의 교내 연수, 교육과정, 교수학습 평가 방법의 개발과 보급을 한다. 교육과정 전달 연수, 기간제 교사 연수, 1정 교사 연수 등 다양한 연수를 하며 정보를 제공한다.

첫째, 교사 연수를 주기적으로 실시한다.

교사에게 교육과정 내용과 수업 관련 자료 제작, 학생 교육 및 상담에 대하여 필요한 내용을 연수한다.

둘째, 교사 교수학습자료 제공한다.

다양한 교수학습 과정안, 새로운 교육 교수법 자료, 새로운 도서 등을 자료를 제공하여 교사에게 도움을 준다. 연구물 보급이나 도서 출판이다.

셋째, 전문적 학습공동체 활동이다.

교내 도는 교외의 전문성 향상을 위하여 활동한다. 수업 나눔 및 취미나 특기를 살려서 행복한 학교생활에 도움이 되도록 동료 교사와 함께 활동한다.

학교에서의 장학은 연구부장이 주관하여 자율 장학이나 공개 수업 및 전문적 학습공동체 운영을 주로 한다.

수석교사는 늘 연구하고 가르치는 자료를 제공한다. 이를 종합적으로 정리하여 교재마 도서 출판 경우도 생긴다. 수석교사는 또한 학생 동아리 활동에도 참여하여 특기를 발휘한다.

교사 경험과 학생 생활교육 및 학부모 관계에 대한 경험을 제공한다. 교사에게 수업에 관한 어려움을 듣고 해결하도록 노력한다. 수업 시간 학습활동 및 학습 방법에 대하여 많은 도움을 준다. 수석교사는 컨설팅에 대해 많은 아쉬움과 어려움도 많이 있다. 초임 교사의 경험과 10년 차 경험은 같지 않다. 마찬가지로 저경력 교사의 경험, 20년 차 경험은 많은 차이가 있다.

신규교사는 경험과 경력이 많은 교사를 꼰대 교사라 생각하지 말기 바란다. 그저 '좋은 내용이다' 생각하여 경청하고 묻고 질문하고 간접 경험을 많이 하는 자세가 우선이다.

수업 방법 개선에 대한 학습 방법으로는 활동 중심 수업을 안내한다. 강의식 수업은 수업의 정석과 같은 방법이다.

강의도 하며 적재적소에 창의적인 적합한 수업을 구사한다.

요즈음에는 프로젝트 학습 PBL(Project Based Learning)학습을 준비하여 활동 중심 수업을 강조한다.

프로젝트 학습(PBL)은 교사가 교과의 교육 내용을 단원별로 학기별로 분석하고 재구조화하여 수업 설계하는 것이다. 단원 설정은 학생들의 활동 중심 수업을 계획하는 것이다. 교사가 창의적 문제 해결 능력을 함양시키도록 준비하는 것이다.

인성교육 경험이 특별하지는 않지만, 학생은 가르침을 받고 배워야 하는 존재보다는 서로 배우고 가르치는 존중하는 관계이길 기대한다.

교사는 학생에게 모범적으로 행동해야 하며 학생 한 명 한 명에게 맞춤형 교육을 할 때이다. 교사는 학생 앞에서 언행일치를 실행한다. 평가 방법 개선으로는 과정 중심 평가이다.

수행평가의 다양화를 시도하고 채점 기준과 횟수를 조정한다. 학생 생활지도는 수업 시간 자세한 관찰과 격려와 인정과 지지이다. 학교의 모든 활동은 교사에게 주어진 교육이다. 모든 분야 모범을 행하는 게 수석교사이다.

학생과 교사를 위해 행한다.

역지사지(易地思之) 마음으로 정보를 공유한다.

덕유산(전북)

5 꼰대교사 행복을 말하다

수석교사는

교직 경력 15년 이상의 경력자 중에서 선발된다.

대부분 30년 정도의 고경력 교사 중 선발된 분 들이 많다. 흔히 말하는 고경력자 꼰대들이다. 학교에 초임으로 시작하고 수업하며 인생을 보낸 선생님들이다.

수석교사가 모든 것을 완벽하게 할 수는 없다. 수업 컨설팅에 노력하는 모습은 아름다운 모습이다. 학교 경험이 많은 분들은 삶에서 인생의 나침판이 되고, 지혜가 되어 줄 것이다.

교사 경험은 교직의 스승이다.

아프리카 격언에 “노인 한 명이 사라지면 도서관 하나가 사라지는 것과 같다”라고 한다. 노인은 삶의 모든 경험이 위대한 지식이며, 지혜로운 분이다. 국가와 사회는 존중받을 분이며 현명한 분으로 존경해야 한다. 교사 경험도 마찬가지이다.

요즈음 MZ세대들은 영상으로 공부하고, 취미생활 하는 경우가 많다. 이제는 꼰대인 사람과 얼굴을 보고 대화를 나누는 시간이 얼마 남지 않았다. 신규교사도 경험을 쌓으면 고경력 교사다.

노인이란 누구인가?

사회에서 노인의 기준은 어떻게 되는가?

위키백과 사전에는 노인(老人)은 평균 수명에 이르렀거나 그 이상을 사는 사람으로 어르신이라고도 부른다.

노인(老人)을 해석해보자. 노인은 경험이 많다. 아는 게 많다.

Know인(人)이다. 노인(老人)은 노인(Know인(人))이다.

고경력 교사나 수석교사들은 학교에서 조언해주고 싶은 마음뿐이다. 그러나 요즘 사람들은 ‘안물안궁’이다.

종일 학교 일에 피곤하겠지만 서로 대화를 해 보자. 처음엔 꼰대 화법에 당황하겠지만 얻어 갈 것도 많다.

나는 꼰대교사 노인인가?

황금률(黃金律)에 대하여 알아본다. 황금률(黃金律)은 수많은 종교와 도덕, 철학에서 볼 수 있는 원칙의 하나이다.

성경 누가복음 6장 31절에 “남에게 대접을 받고자 하는 대로 너희도 남을 대접하라”고 예수님의 말씀이 있다.

또한 누가복음 6장 37절에는 “비판하지 말라 그리하면 너희가 비판을 받지 않을 것이요 정죄하지 말라 그리하면 너희가 정죄를 받지 않을 것이요 용서하라 그리하면 너희가 용서를 받을 것이요.”라는 구절이 있다.

모든 것은 나로부터 시작이다.

다른 사람을 존중하고 친절과 사랑으로 진심을 다 하면 변화한다. 상대를 바꾸려고 하지 말고 내가 변한다. 나도 변하면 상대도 변한다. 사랑과 존중으로 지내야 함을 깨닫는다.

학교의 교사에게 교실의 학생에게 하라고 지시하고 전달하는 게 아니라 내가 변하는 것이다.

나이를 먹고 꼰대 소리 듣지 않으려면 내가 모범을 보인다. 내가 변한다. 그래야 교사에게 학생에게 영향력 있는 수석교사가 되는 것이다.

플라톤은 변화에 대해 "가장 빠르고 가장 가치 있는 승리는 자신을 극복하는 일이다. 자기에게 정복당하는 것은 가장 치욕스러운 일이다. "라고 말했다. 변화는 내가 먼저. 나를 이해하고 나를 존중하고 나를 이기는 게 자신을 이기는 것이다. 변화는 쉽지 않다는 의미다.

지금 해야 할 4C이다.

Change, Choice, Challenge, Chance

수석교사는 경험이 많은 나이 많은 교사가 많다.

한마디로 말하면 학교의 어른이다. 꼰대 교사 소리 듣거나 노인 교사 소리 듣기도 한다. 나이를 먹은 교사는 꼰대인가? 안타깝지만 이런 소리를 듣는 것은 어쩔 수 없다. 내가 정신상태와 복장과 언어, 열정에서 젊어져야 한다. 수석교사는 노인(老人)이 아니다. 노인이 아니라 수업 경험이 많은 수업 Know인(人)이 되는 것이다. 수업의 달인이다.

학교에서 어떤 노인으로 살 것인가?

삶의 지혜와 경험을 가진 Know인(人)이다.[5] 한 걸음 한 걸음 걸어간다. 걷다 보면 동행이 나타나길 기대한다.

노인은 노인의 정신과 자세가 있다. 나이 먹은 사람은 노인십(Know인(人)Ship)을 발휘해보자. 노인이니 대접을 받으려고 할게 아니라 삶의 지식과 지혜를 바르게 전해주어야 한다.

지금의 노인은 우리나라 근대와 현대 역사의 산증인이다.

노인은 가정, 사회, 국가에서 인정해주고 존중해야 주어야 하는 어버이다. 노인은 지식인이다. 노인은 지혜로운 자이다.

사람이 오랜 기간 살아가는 것은 어마어마한 일이다. 대한민국 노인천국을 기대한다. 노인은 후대에 지혜를 제공한다.

노인(老人)은 노인(勞人)이 아니다.

그냥 노인(Know인(人))이다.

유대인 격언에 "늙은 사람은 자기가 두 번 다시 젊어질 수 없다는 것을 알고 있지만, 젊은이는 자기가 나이를 먹는다는 것을 잊고 있다."를 되새기게 된다.

학생들을 보면 내가 나이 많은걸 잠시 모를 때가 있다.

어린 학생들에게는 세상을 바라보는 분별력과 삶에 대한 가치가 다름을 알려주게 된다.

잔소리가 아니라 나에게 유익한 보약이다.

학교는 장유유서(長幼有序)의 질서가 있음을 제대로 알려준다.
규칙을 지키며 미래를 준비하는 기본을 가르친다.

벤저민 프랭클린은 “이 세상에서 가장 훌륭한 질문은 바로 이것이다. "내가 이 세상에 살면서 잘 할 수 있는 것은 무엇일까?"” 라고 말했다.

학교에서는 교직원과 학생들이 어울리며 지내는 공간이다. 한 해 한 해 지내보면 나이를 먹는다는 것을 잊을 때가 많다. 나의 삶의 형태나 추구하는 목적이 학생들과 당연히 다르다. 가르치는 입장과 배우는 입장은 전혀 다르다. 삶의 비전과 가치는 더욱 다르다. 교사는 삶의 가치에 대한 정립이 필요하다. 내가 잘 할 수 있는 것을 잘하고 있는가 생각한다.

생활에서 어른들을 대하는 태도 경로효친(敬老孝親)을 강조한다. 어른 공경 의식에 청소년들의 버릇없음은 어느 시대에나 기성세대의 눈에 거슬린다. 다만 태도와 가치관을 중시하게 된다.

노인이 되는 것이다. 노인이 가장 잘할 수 있는 일은 경험을 제공하는 것이다.

노인은 지식인이며 지혜로운 사람이다.

신규교사도 학생들보다 나이가 많으니까 노인이다.

수석교사는 신규 교사에게 성장하는 어른이 되도록 안내해야 한다. 신규교사도 학생들에겐 나이 많은 어른이고 노인(老人)이다.

노인은 노인(Know인(人))이다.

교사는 노인(Know인(人))이며, 수석교사도 Know인(人)이다. 서로 사랑하고 사랑 나누는 노인(Know인(人))이 되길 희망한다. 교사의 삶 참 아름답고 보람차다.

우리나라 학교의 노인(Know인(人))을 사랑하자.

행복한 노인(Know인(人))이 즐겁게 사는 나라 학교를 바란다.

노인천국(Know人천국)

대한민국 노인천국(Know人천국) 만만세~

Bravo, Bravo, Your Life !

노인

축복이다

이 일이 세상에 작은 봉사지만
큰 보람을 느끼는 행복의 길이라네
사랑 주고 존중받고 인정받으며
많은 꿈을 갖게 전하는 꿈 전도사이다.

온갖 시련 다 극복하고
고통 미움 삭이며
기다리고 기다리니
이 또한 즐겁지 아니한가?

한평생 이 길을 걷는 그대여
보람을 느끼며 만족하는 지금
이게 축복이다.

갯바위

교육의 목표는

무엇을

사고하는가가 아니라

사고하기를

가르치는 것이다.

존 듀이(John Dewey)

속리산(충북)

5장

대한민국 수석교사 제도

5장 우리나라 수석교사 제도

1. 우리나라 수석교사 제도 탄생하다

2. 교육공무원법의 수석교사 이야기

3. 초·중등교육법 시행령을 알아보자

5장 대한민국 수석교사 제도

수석교사 제도는
수업 전문성을 가진 교사가
일정한 대우를 받고,
교직 생활을 할 수 있게 하며,
교원의 전문성 제고를 위해 도입된 제도이다.

우리나라 수석교사 제도 탄생과
수석교사 선발 과정 및
재임용에 관한 세부 내용을 살펴본다.

5장 대한민국 수석교사 제도

덕유산(전북)

1 수석교사 제도가 탄생하다

ㄴ

1981년 수석교사제도를 논의했다. 교육부에서는 30년 만에 2011년 '수석교사제' 관련 법안이 공포됐다.

수석교사제도는 수석교사가 수업과 장학, 신규교사 지도 등을 맡도록 한 제도이다.

수석교사는 대한민국의 유·초·중·고등학교의 교사 중 수업 전문성이 뛰어난 교사들이 교감이나 교장 등의 관리직으로 승진하지 않고도 일정한 대우를 받고 교단에서 교직 생활을 할 수 있게 하며, 교원의 전문성 제고를 위해 도입된 제도이다. 6)

우리나라 수석교사(首席教師) 제도는

1981년부터 30여 년간 교육계에서 추진하여

노력해온 제도이다.

우리나라의 수석교사제도에 대하여 역사를 살펴보면 1981년 한국교육개발원의 '교원 인사행정 제도의 개선 방향 탐색'의 세미나 에서 '수석교사'라는 명칭을 처음 사용했다. 이후 계속해서 1987년 교육개혁 심의회의 '교육 발전 기본구상'에서 교육개혁 과제 중 하나로 수석교사제의 도입방안을 제시했다.

2006년 8월 교육 혁신 위원회에서 교원정책 개선방안 과제로 선정하여 제도 도입에 노력하였다.

2008년 3월부터 2011년까지 수석교사를 시범적으로 4년간 운영했다.

2011년에 국회에서 수석교사제도 법이 통과되어 2012년 수석교사 법제화를 시행하여 현재까지 운영하고 있다. [7]

수석교사 제도의 법제화 목적은,

수업 전문성을 가진 교사가
우대받는 교직 분위기 조성을 위해,
현행 일원화된 교원 승진체제를
교수(Instruction) 경로와 행정관리(Manageme) 경로의
이원화 체제로 개편하려는 것이다.

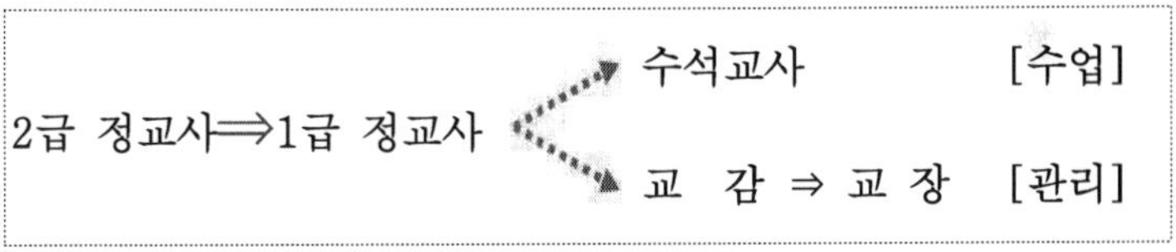

2급 정교사⟹1급 정교사 → 수석교사 [수업]
→ 교 감 ⇒ 교 장 [관리]

교장, 교감 자격은 일반교사가 학교 관리자로 승진하는 데 필요한 자격이다. 평가는 근무성적, 경력, 연구실적 등 능력과 실적의 평가를 통해 연수대상자로 지명된다. 이후 180시간 이상의 자격연수를 이수하여야 취득할 수 있는 자격이다.

교장, 교감 자격연수는 승진임용에 필요한 인원만을 대상으로 지명하기 때문에 자격취득을 위한 경쟁이 치열한 편이다. 그래서 수업 경로와 일반 행정 경로로 구분하는 교원정책 개선 과제로 수석교사제도가 생긴 이유이다.

고향

수석교사제도 추진 사항

1980년대부터 정부는 관리직 외에 우수 교사들의 보상책과 학내 장학을 위해 우수 교사를 따로 선발하는 제도를 준비해 왔다. 교사는 교육의 질을 결정하는 핵심이고 교육에서 가장 중요한 기둥이기 때문이다. 교원 인사행정 제도의 개선 세미나에서 제안되었다. 수석교사 제도의 추진 경과 사항을 살펴본다.

수석교사 제도 추진 경과 사항은 다음과 같다.

1981년 한국교육개발원의 '교원 인사행정 제도의 개선 방향 탐색' 세미나에서 수석교사라는 명칭 처음 사용하였다. 1987년 교육 개혁심의회의 '교육 발전 기본구상'에서 교육개혁 과제 중 하나로 수석교사제의 도입방안을 제시했다. 2006년 8월 교육 혁신 위원회에서 교원정책 개선방안 과제로 선정되어, 2008년 3월 수석교사제도를 4년간 시범으로 운영했다. 2011년 수석교사 법제화되었고, 2012년 1기 수석교사 선발 배치하여 현재까지 명목상 유지하고 있다. 수석교사 시범으로 대상자는 전국에서 선발하여 운영했다.[8)]

월류봉(충북 영동)

2 수석교사제도 법제화 되다

OECD 권고사항이다

2003년 OECD 교육정책 검토단 권고사항은 다음과 같다.

> 한국의 교원제도는 우수 자원이 교직에 입직하고 안정적인 교육 활동에 임할 수 있는 장점을 지닌 반면, 지속적으로 능력을 개발할 수 있는 기제가 부족하다.

OECD 교육정책 검토단은 “우수 교사에 대한 지원과 보상에 대한 대책이 거의 없다”라는 의견이 있었다. “교사 모두가 승진하는 것도 아니며 교사 전문성 개발을 위한 정책도 없는 상황이었다.”라고 밝혔다. 또한 “신규교사에 대한 연수와 수업 컨설팅이 미흡하다”라는 내용이 제시되었다.

OECD
(Organization for Economic Cooperation and Development)

경제협력개발기구(經濟協力開發機構,OECD)는 세계적인 국제기구 중 하나이다. 회원국엔 민주주의와 시장경제가 제대로 안착된 선진국이 많은 편이다. OECD의 목적은 경제 성장, 개발도상국 원조, 무역의 확대 등이고 활동은 경제 정책의 조정, 무역 문제의 검토, 산업 정책의 검토, 환경 문제, 개발도상국의 원조 문제 논의 등의 일을 한다.

2006년 8월 교육 혁신 위원회에서 교원정책 개선방안 과제로 선정하고 2008년 3월부터 수석교사 시범 운영했다. 교육과학기술부는 초·중·고등학교에 수석교사제도를 시범 운영하는데 수석교사 대상자를 전국 교육청에서 선발했다.

수석교사 시범운영 - 한국 정책 방송 (2009. 2. 10.) 내용이다. [초·중·고 수석교사 295명 선발][6]했다.

---

6) KTV 한국정책방송 2009.02.10
https://www.ktv.go.kr/content/view?content_id=292994

수석교사 위상은 보수나 대우 면에서 관리직에 뒤지지 않고 교사로서의 명예를 가질 수 있도록 구체적인 제도 개선이 이루어지지 않고 미흡하게 법제화되었다.

선발 내용에서 수석교사제는 수업 능력이 뛰어난 교사를 학교에 배치해 신규교사 교육과 수업 방법 개발 등 역할을 맡기는 제도로 출발했다. "교육과학기술부는 수석교사제를 시범적으로 운영하면서 법제화 여부를 검토할 계획이다"라고 제시했다.

[수석교사제, 공교육의 질 높인다] [와이드 인터뷰] - 한국 정책 방송의 수석교사제 핵심 내용에 관한 영상이다.[7)]

첫째, "현행 일원화된 교원승진체제를 교수(Instruction) 경로와 행정관리(Manageme) 경로의 이원화 체제로 개편"하려는 것이다.

둘째, "수석교사 법제화를 통하여 교사 본연의 가르치는 업무가 존중되고, 동료 교사 멘토링·수업 컨설팅 등의 역할을 부여함으로써, 학교 수업의 질이 개선될 것이다"라고 밝혔다.

---

7) KTV 한국정책방송 2011.08.08
http://www.ktv.go.kr/content/view?content_id=394380

수석교사제 법제화 되다

2012년 6월 29일 교육과학기술부에서는 30년 교육계 숙원 사업인 "수석교사제도"가 법제화되었다.

『초·중등교육법』.『유아교육법』·『교육공무원법』개정 법률안 국회 통과를 대대적인 언론홍보와 함께 보도자료를 배부했다.

당시 교육과학기술부 보도자료 원문의 일부이다.

보도자료 2011. 6.29.(수)	교육과학기술부 Ministry of Education, Science and Technology
	홍보담당관실 ☎ 2100-9)

30년 교육계 숙원 사업,
수석교사제 드디어 법제화
- 『초중등교육법』·『유아교육법』·『교육공무원법』 개정 법률안 국회 통과 -8)

□ 교육과학기술부(장관 : 이주호)는 2011. 6. 29(수) 국회에서 수석교사제도 도입 등을 골자로 하는 초·중등교육법, 유아교육법, 교육공무원법 개정안이 통과되었다고 밝혔다.

□ 수석교사제는 교육계에서 1981년부터 30여 년간 추진을 노력해온 제도로, 수업 전문성을 가진 교사가 우대받는 교직 분위기 조성을 위해,

○ 현행 1원화된 교원승진체제를

교수(Instruction) 경로와 행정관리(Manageme) 경로의

2원화 체제로 개편하려는 것이다.

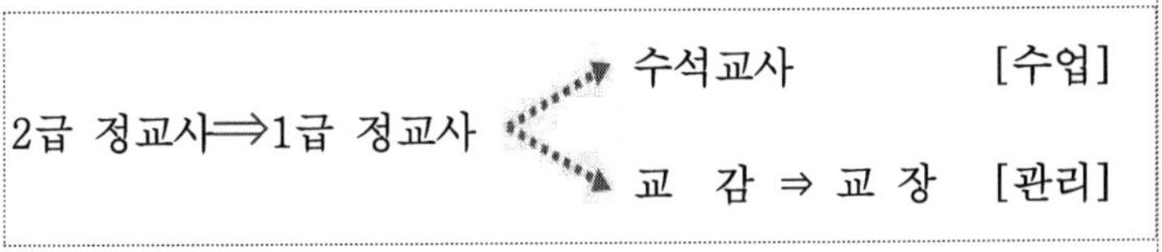

2급 정교사⟹1급 정교사 → 수석교사 [수업]

→ 교 감 ⇒ 교 장 [관리]

○ (우대 사항) 수업 부담 경감, 수당 지급 등 수석교사에 대해 우대할 수 있다.

○ (교장 자격 취득 등) 수석교사는 임기 중에 교장·원장 또는 교감·원감 자격을 취득할 수 없다.

우리나라의 신문과 방송은 대대적으로 수석교사제도 법제화 관련 뉴스를 방송하고 언론기관은 국민에게 홍보했다.

이 법이 통과되자 국민 모두 다 기뻐한 것만은 아니었다.

누가 가장 기뻐했을까?

---

8) 교육부
https://www.moe.go.kr/boardCnts/view.do?boardID=294&lev=0&statusYN=W&s=moe&m=0204&opType=N&boardSeq=34572

군자의 인생 3락(三樂)

學而時習之, 不亦說乎(학이시습지, 불역열호)
젊어서 배우고 때때로 익히니
기쁘지 아니한가

有朋自遠方來, 不亦樂乎(유붕자원방래, 불역락호)
벗이 멀리에서 찾아오니
즐겁지 아니한가

人不知而不慍, 不亦君子乎(인부지이불온 불역군자호)
남이 나를 알아주지 않아도 화나지 않으니
군자답지 아니한가

연꽃

3 교육공무원법의 수석교사 제도

수석교사는 일원적·수직적인 교원승진체계에서 벗어나 전문적으로 교수·연구 활동을 담당하도록 신설된 별도의 직위이다. 수석교사제는 관리직 교원과 달리 운영하고 제도적으로 정착시키기 위해 도입되었다. 즉 관리직 중심의 승진 지향적인 교원 자격체계를 개편한 것이다. 수석교사의 자격 기준을 살펴본다.

교육공무원법 제6조의2 (수석교사의 자격)

제6조의 2 (수석교사의 자격)
수석교사는 「유아교육법」 제22조 제3항 및 「초·중등교육법」 제21조 제3항의 자격이 있는 사람이어야 한다.

初·중등교육법 21조 제3항

③ 수석교사는 제2항의 자격증을 소지한 사람으로서 15년 이상의 교육경력(「교육공무원법」 제2조제1항제2호 및 제3호에 따른 교육전문직원으로 근무한 경력을 포함한다)을 가지고 교수·연구에 우수한 자질과 능력을 가진 사람 중에서 대통령령으로 정하는 바에 따라 교육부장관이 정하는 연수 이수 결과를 바탕으로 검정·수여하는 자격증을 받은 사람이어야 한다. <개정 2013. 3. 23.>[전문개정 2012. 3. 21.]

교육공무원법 제29조의4 (수석교사의 임용 등)

제29조의4 (수석교사의 임용 등)

① 수석교사는 교육과학기술부장관이 임용한다.

② 수석교사는 최초로 임용된 때부터 4년마다 대통령령으로 정하는 업적평가 및 연수실적 등을 반영한 재심사를 받아야 하며, 심사기준을 충족하지 못한 경우 대통령령으로 정하는 바에 따라 수석교사로서의 직무 및 수당 등을 제한할 수 있다.

③ 수석교사는 대통령령으로 정하는 바에 따라 수업부담 경감, 수당 지급 등에 대하여 우대할 수 있다.

④ 수석교사는 임기 중에 교장·원장 또는 교감·원감 자격을 취득할 수 없다.

⑤ 수석교사의 운영 등 그 밖에 필요한 사항은 대통령령으로 정한다.

수업 전문성이 뛰어난 교사들이 관리직으로 전환하지 않고도 일정한 대우를 받으면서 지속해서 교단에서 자긍심을 갖고 교직생활을 지속할 수 있도록 하려는 취지에서 도입되었다.

그러므로 수업 능력이 탁월한 교사 중에 일정한 연차가 되어 수석교사로 지원할 수 있다.

수석교사는 교육공무원 제29조의4 (수석교사의 임용 등)의 4 항에 의거하여 "①항 수석교사는 교육과학기술부장관이 임용한다."이고, "④항의 수석교사는 임기 중에 교장·원장 또는 교감·원감 자격을 취득할 수 없다."이다.

따라서 수석교사는 관리경로의 승진을 하려면 수석교사직을 포기하고, 근무평정을 받아 승진후보자명부의 순위에 의하여 임용하거나 임용 제청하여야 한다.

수석교사로 선발되면 학교 내외에서 교수법과 평가 방법을 연구하고 후배 교사들에게 수업에 대한 지도와 상담을 할 수 있도록 해야 한다.

수석교사의 재임용을 위해서는 재심사 기준을 따른다.

수석교사로서의 업적평가 및 연수실적 등을 반영한 재심사를 받아야 하며 심사기준을 충족하지 못한 경우에는 수석교사의 직무 및 수당 등이 제한될 수 있다.

교육공무원임용령 수석교사 우대 사항

교육공무원임용령 제9조의 8 [수석교사의 우대]

> 제9조의 8 (수석교사의 우대)
> ① 학교의 장은 수석교사의 원활한 활동을 지원하기 위하여 수석교사의 수업 시간 수를 해당 학교별 교사 1인당 평균수업시간 수의 2분의 1로 경감하되, 학교 여건 등을 고려하여 조정할 수 있다.
> ② 수석교사에게는 예산의 범위에서 연구활동비를 지급할 수 있다.

교육공무원임용령에 수석교사의 우대 사항이다.

첫째, 수석교사의 수업 시간 수를 해당 학교별 교사 1인당 평균 수업시간 수의 2분의 1로 수업한다. 대부분 수석교사는 전담 교과를 담당하지만 학교 여건에 따라 일부 수석교사는 전담 교과 수업이 아닌 자유학년제, 진로 수업, 창의적 체험활동 수업을 담당하는 경우도 있다.

둘째, 수석교사는 매월 연구활동비(월 40만원)를 받는다.

각 시·도교육청 에서는 수석교사의 연구와 일반교사의 수업 컨설팅과 수업 상담을 위하여 차분하게 상담할 수 있는 수석교사실이 제공되고 있다.

초·중등교육법 제20조를 살펴본다 10)

초·중등교육법에 따르면, 수석교사는 교사의 교수·연구 활동을 지원한다. 교과 및 수업에 대해 누구보다 많이 연구하고 공부해야 한다. 본인 교과 수업을 담당하는 동시에 전문성을 다른 교사에게 지원하는 교사를 의미한다.

한강(서울)

초·중등교육법 제20조-교직원의 임무

[제 20조, 교직원의 임무]

① 교장은 교무를 통할(統轄)하고, 소속 교직원을 지도·감독하며, 학생을 교육한다.
② 교감은 교장을 보좌하여 교무를 관리하고 학생을 교육하며, 교장이 부득이한 사유로 직무를 수행할 수 없을 때에는 교장의 직무를 대행한다. 다만, 교감이 없는 학교에서는 교장이 미리 지명한 교사가 교장의 직무를 대행한다.
③ 수석교사는 교사의 교수·연구 활동을 지원하며, 학생을 교육한다.
④ 교사는 법령에서 정하는 바에 따라 학생을 교육한다.
⑤ 행정직원 등 직원은 법령에서 정하는 바에 따라 학교의 행정사무와 그 밖의 사무를 담당한다.

유·초·중·고등학교에는 교장, 교감, 수석교사, 교사, 행정직원 등의 교직원이 학생들의 교육을 담당하고 있다. 이들 중에 수석교사는 모든 학교에 근무하지 않고 있어 수석교사가 없는 학교도 많이 있다.

제20조(교직원의 임무) 간단하게나마 살펴본다.

①항의 교장의 역할이다.

“학교장은 소속 학교의 전 교직원을 관리 감독한다. 교무를 통할(統轄)하고, 소속 교직원을 지도·감독하며, 학생을 교육한다.”이다.

교장의 역할은 전 교직원 관리 감독이다.

또한 학생, 학부모, 교사 등의 학교 공동체가 상호 존중할 수 있도록 관계를 유지한다. 교장의 역할은 매우 막중하며 영향력이 크다. 교장 역할 일부만 제시한다.

교사와의 관계는 관리 감독이라는 구체적 과업을 중심으로 이루어지는 관계이며, 부장 교사와 본질적 활동은 업무적인 측면에서 상호작용이 매우 많다. 도움을 요청하고, 문제의 해결을 위해 서로를 존중하는 단계까지 발전해야 한다.

따라서 교장은 부장 교사, 교감, 교사와 이루어지는 상호작용의 내용에 의해 인간관계에 영향을 받는다.

학교 구성원의 요구사항을 경청하여 합리적으로 해결하여 지도력을 발휘하는 것이다.

②항은 교감의 역할이다.

“교감은 교장을 보좌하여 교무를 관리하고 학생을 교육하며, 교장이 부득이한 사유로 직무를 수행할 수 없을 때는 교장의 직무 대행한다. 다만, 교감이 없는 학교에서는 교장이 미리 지명한 교사가 교장의 직무를 대행한다”로 되어 있다.

교감은 교무 즉 학교 업무의 관리이다.

교감은 여러 가지 학교 업무 분담, 인사 조직, 교내.외 행사 등에 있어 원활한 의사소통을 한다.

교직원의 화합과 교장과 공동책임자로의 균형감각을 유지하며 역할을 한다. 교감 역할이 막중한데 극히 일부만 제시했다.

③항은 수석교사의 역할이다.

초·중등교육법 제20조 제③항은 교사의 교수·연구 활동 지원이라는 특수한 직무를 부여한다.

첫째, 담당 교과 수업을 담당하며, 상시 수업을 공개한다.

둘째, 동료 교사의 수업을 참관하고 전문성을 지원한다.

셋째, 교사에게 연수 및 교수학습 자료를 제공한다.

④항은 “교사는 법령에서 정하는 바에 따라 학생을 교육한다.” 라는 것으로 되어 있다. 교사의 주요 업무는 크게 수업, 학급 담임, 행정업무를 담당한다.

학교의 사정에 따라 일부 경력 교사는 부서의 업무를 총괄하는 부장 교사의 업무를 주로 담당하고 있다. 저 경력 교사나 중경력 교사들은 대부분 학급의 담임 업무를 하고 있다. 일부 고경력 교사도 담임 업무를 하는 경우도 발생한다.

담임교사는 감수성이 예민한 학생들에게 영향력을 미친다. 담임교사와 학생과의 관계는 학교생활의 행복을 좌우한다. 교사는 학생을 사랑하고 학생은 교사를 존중하는 상호 신뢰감이 중요하다. “교육의 질은 교사의 자질과 능력에 달려있다”라고 한다.

1948년 제헌의회에서 제정한 교육법 ④항은 우리나라 교육법 제정 당시에는 “교사는 교장의 명을 받아 학생을 교육한다.”라는 것으로 되어 있다. 과거에는 종종 교장이 시키면 시키는 대로 하는 것이 관례였고 늘 그렇게 해왔다. 이런저런 과정을 거쳐 1998년 교육기본법, 초·중등교육법을 제정하면서 교사의 법적 임무가 '교장의 명'이 아닌 '법령에서 정하는바'에 따라 학생을 교육하는 것으로 변경되었다.

학교의 어떤 일에 대해 ‘법령’의 내용이 무엇인지에 대해서 살펴봐야 한다. 지금의 초·중등교육법 제20조 ④항은 “교사는 법령에서 정하는 바에 따라 학생을 교육한다.”라는 것으로 되어 있다. 학교의 교육 활동에 대해서 강요한다고 하더라도 교사와 교장이 토론하고 협의하여야 한다는 것이다.

무엇이 달라졌을까?

요즘 담임교사의 수당, 부장교사의 수당도 교장 수당처럼 현실화 해야 한다. 책임은 많고 보상은 적고 정신적으로 더욱 힘들다. 지금 동결된 지 20여년이 다 되어 간다.

오늘날 교사는 교육에 매우 중추적인 역할을 담당하는 것이다.

⑤에서는 “행정직원 등 직원은 법령에서 정하는 바에 따라 학교의 행정사무와 그 밖의 사무를 담당한다.”이다. 교사와 행정직원 관계는 바늘과 실의 관계이다. 학교에서 일어나는 모든 일의 목적은 학생을 위한 일이다.

初·중등교육법의 제36조,
수석교사 배치기준에 관한 내용이다.

初·중등교육법 시행령
제36조의3 (수석교사의 배치기준)

①수석교사는 학교별로 1명씩 두되, 학생 수가 100명 이하인 학교 또는 학급 수가 5학급 이하인 학교에는 수석교사를 두지 아니할 수 있다.
②수석교사는 학급을 담당하지 아니한다. 다만, 학교 규모 등 학교 여건에 따라 학급을 담당할 수 있다.
③제1항 및 제2항에서 규정한 사항 외에 수석교사의 배치에 필요한 구체적인 사항은 교육과학기술부 장관이 정하는 기준에 따라 관할청이 정한다.

수석교사제 시행하는 2012년에 법 제정 당시에는 수석교사의 배치기준이 1교 1수석교사제 이다. 그런데 2013년 교육부에서는 이 조항을 삭제했다. 이유를 알고 싶다.

누가? 언제? 왜?

무엇 때문인지 알고 싶다. 지금도 여전히 복원되지 않고 있다.

그것이 알고 싶다.

전국의 유치원, 초·중·고등학교 수는 20,706이다.(교육 통계 사이트 2021.4.1. 기준) 전국 수석교사 수는 1,171명으로 수석교사 배치율은 약 5.7 %이다.

각 시·도교육청에 따라 수석교사를 선발하는 경우가 각각 다르다. 수석교사를 선발하지 않는 시도가 있고, 선발은 하되 소수 인원만 선발하거나 수년째 아예 선발하지 않는 시도도 있다. 이유가 궁금하다.

왜 선발하지 않을까?

이유는 여러 가지가 있겠다. 교사 TO 적게 하고 신규교사를 축소하여 뽑고 있다. 예산 부족 등 이유는 많을 것이다. 또 다른 이유는 교육부와 각 교육청에서 수석교사 선발에 의지와 관심이 없는 것으로도 해석된다.

수석교사 선발 기준과 배치는 교육부의 소관 업무가 아니라 각 시·도교육청의 권한이기 때문이다. 이제는 국가 차원에서 국가가 교육을 책임져야 한다. 미래 교육을 위하여 국가가 수석교사를 선발하여 운영하는 수석교사제도를 기대한다.

초·중등교육법 제 19조와 제20조 다시 살펴본다.

"학교에는 교장, 교감, 수석교사 및 교사를 둔다."라는 규정이 있다.

이 규정대로 한다면 학교에는 배치되어있다. 교장, 교감, 교사는 제대로 배치하고, 수석교사만 제대로 배치하지 않고 있는 것이다. 법률에 대한 행정부의 직무태만이라 할 것이다. 법에는 있지만 지키지 않는 것은 무엇인가?

2011년 수석교사 법규 제정 이후 슬그머니 삭제된 초·중등교육법 시행령 36조3항의 복구를 요구한다.

제대로 지켜지길 기대한다.

한강(서울)

희망 편지

대한민국의 미래 인재 양성하는 선생님의 노고가 대한민국의 미래이고 희망이다. 특히 요즈음 교사들은 학교에서 나날이 힘들어한다. 이유가 무엇인지 알고는 있는가?

베이컨은 "경험은 인생의 스승이다."라고 말한다. 교사들의 열정과 학생에 대한 사랑이 식지 않도록 존중하고 살펴봐야 한다.

왜? 가르치고 배우는 위대한 존재이기 때문이다. 의사는 전문성을 갖추고자 철저하게 배우고 훈련한다. 교사도 전문성 과정을 인정하고 존중해줘야 한다.

학생과 교사가 존재해야 교육부가 존재하지 교육부가 존재하여 학생과 교사가 존재하나요?

학교가 존재하는 이유는?

교사가 존재하는 이유는?

교육부는 학생을 가르치는 교사·교수를 존중해야 한다. 학교는 사람답게 학생을 가르치는 곳이다. 학교는 모든 학생이 학습의 과정에서 즐거움과 행복을 경험하게 하는 곳이다. 교사와 교수는 모두 배우고 가르치고 위대한 존재이다.

특히 교사는 경력에 따라 역할과 임무를 달리해야 한다. 교육부에서는 수석교사 선발을 적극적으로 해야 한다. 예산을 지원하고 정원외 선발을 희망한다. 최근에는 수석교사 선발은 각 교육청에 따라 선발하지 않는 경우가 있다. 지역별 편차 없이 수석교사가 선발될 수 있도록 수석교사에 대한 예산은 정부에서 지원해야 한다고 요구한다.

공교육의 책무는 공정하고 공평하게 교육 해야 한다.

수석교사 배치교에 근무하는 교장, 교감, 교사도 있고 그러하지 않은 학교도 있다. 1교 1 수석교사 배치로 저 경력 교사는 수업 멘토링과 경험을 배우고 고경력 교사에게는 변화하는 환경에 적극적인 경험이 될 것이다.

수석교사 수업 경력과 다양한 학교 경험의 중요성에 대한 인식 전환이 필요하다.

교육부에서는 정원외 수석교사 선발로 인한 수석교사 활동에 지원해야 한다. 수석교사제도는 교사의 교수·연구 활동을 지원하므로 효과적인 대안 마련을 통해 공교육 신뢰 회복을 위해 확대를 촉구한다.

6장

[부록] 수석교사 선언문

6부 [부록] 수석교사 선언문

1. 수석교사 명예 선언문

2. 수석교사 노래

수석교사 명예 선언문

한국중등수석교사회

인간이 자신의 가치와 존엄성을 지키고 자유와 행복을 누릴 수 있는 길은 올바른 교육을 실현하는 데에 있다. 이러한 교육 목적을 달성하기 위해서는 교원의 높은 인품과 전문성이 요구되며, 참된 스승이 존중받는 교육 문화가 정착되어야 한다. 이에 수석교사는 대한민국 교육 문화의 선각자로서 그 책무와 역할 수행에 따른 명예를 가슴 깊이 새긴다.

□ 우리는 대한민국 수석교사로서 명예와 긍지를 가지고 교육 문화 발전의 선구자가 된다.

□ 우리는 높은 인품과 전문성을 함양하여 존경받는 참스승이 된다.

□ 우리는 학생들의 다양한 요구를 존중하며 교육의 실질적 평등을 추구한다.

□ 우리는 전인교육과 창의성 교육을 통하여 학생들의 자아 실현을 돕는다.

□ 우리는 교육의 전문가로서 교사들의 교수·연구 활동을 지원한다.

□ 우리는 교원의 학습조직화를 통하여 학교 교육 발전에 기여한다.

□ 우리는 교수직이 존경받는 명예로운 교육 문화 정착을 위해 노력한다.

수석교사 노래

권향례 작사

안성주 작곡

아름다운 대한민국 교육이 희망
아이들과 선생님이 손잡고 웃는 곳
배움 소리 끊이잖는 행복한 학교
연구하고 지원하는 학교 섬김이
우리 모두가 수석교사와
행복한 학교 만들어 보세
~
아름다운 대한민국 교육이 희망
아이들과 선생님이 손잡고 웃는 곳
배움 소리 끊이잖는 행복한 학교
연구하고 지원하는 학교 섬김이
우리 모두 한마음 수석교사와 함께
행복한 꿈의 학교 만들어 보세

한탄강

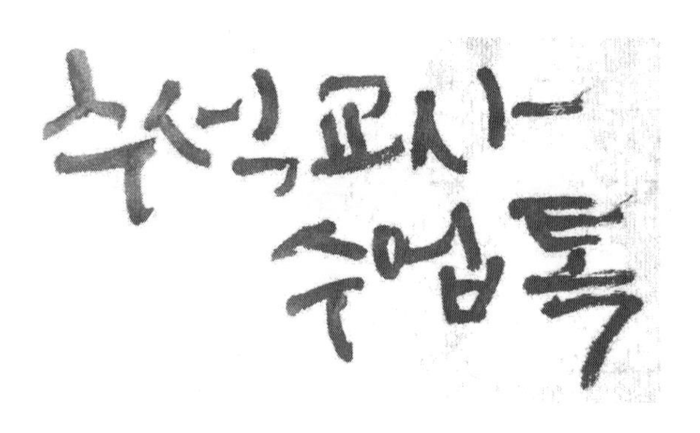

저 자 | 글 강신진 장양기 그림 유덕철
캘리그라피 박혁남

발 행 | 2023년 1월 11일
펴낸이 | 한건희
펴낸곳 | 주식회사 부크크
출판사 등록 | 2014.7.15.(제2014-16호)
주 소 | 서울특별시 금천구 가산디지털1로 119
(SK 트윈타워 A동 305호)
전 화 | 1670-8316

ISBN | 979-11-410-1051-5
www.bookk.co.kr

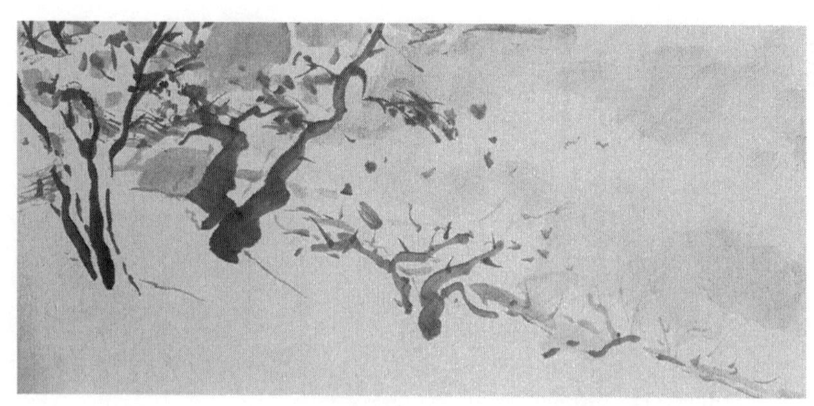

청량산(인천)

[참고 문헌 및 사이트]

강신진(2022), 내 마음의 시(詩), 부크크.
조벽(2011), 조벽교수의 희망특강, 해냄.
김태현(2012), 교사, 수업에서 나를 만나다, 좋은교사.
장양기 외(2016), 전통교육에 기초한 단비교육, 동문사.
유영만(2016), 공부는 망치다, 나무생각.
조벽(2016), 인성이 실력이다, 해냄.
박남기(2017), 최고의 교수법, 쌤앤파커스.
나태주(2017), 오래 보아야 사랑스럽다, 알에이치코리아.
신창호(2017), 옛날 공부책, 어마마마.
김형석(2020), 백년을 살아보니, Denstory.
한국중등수석교사회(2021), 수석교사 백서, 다사랑.
강신진(2022), 세상에 이런 법이, Bookk.

『수석교사 역할 강화를 통한 수업·교육 전념 여건 조성』 1차 포럼』
https://www.youtube.com/watch?v=avxWzj5yraU&t=3179s&ab_channel=%EA%B5%90%EC%9C%A1%EB%B6%80TV

『수석교사 역할 강화를 통한 수업·교육 전념 여건 조성』 2차 포럼』
https://www.youtube.com/watch?v=qg7kGu0ZZO4&ab_channel=%EA%B5%90%EC%9C%A1%EB%B6%80TV

『수석교사 역할 강화를 통한 수업·교육 전념 여건 조성』 3차 포럼』
https://www.youtube.com/watch?v=0TEdz21AQi0&t=680s&ab_channel=%EA%B5%90%EC%9C%A1%EB%B6%80TV

『수석교사 역할 강화를 통한 수업·교육 전념 여건 조성』 4차 포럼』
https://www.youtube.com/watch?v=dqFzjS-x39U&ab_channel=%EA%B5%90%EC%9C%A1%EB%B6%80TV

『수석교사 역할 강화를 통한 수업·교육 전념 여건 조성』 5차 포럼』
https://www.youtube.com/watch?v=9As4Wmag35Y&ab_channel=%EA%B5%90%EC%9C%A1%EB%B6%80TV

『2022 신규교사·수석교사 교학상장 컨퍼런스』
https://www.youtube.com/watch?v=4BNfWz7LyOI&t=3776s&ab_channel=%ED%95%9C%EA%B5%AD%EC%88%98%EC%84%9D%EA%B5%90%EC%82%AC%ED%9A%8C

『미래교육을 위한 교사전문성개발 포럼 | 제12회 수석교사의 날 기념』
https://www.youtube.com/watch?v=gOITgQDeDuM&ab_channel=%ED%95%9C%EA%B5%AD%EC%88%98%EC%84%9D%EA%B5%90%EC%82%AC%ED%9A%8C

『[좋은교사 온라인 정책토론회]수석교사제 확대 어떻게 생각하십니까?』
https://www.youtube.com/watch?v=AZ6RDS9NMJQ&t=6s&ab_channel=%EC%A2%8B%EC%9D%80%EA%B5%90%EC%82%ACTV

『COVID-19 시대 학력격차 해소 포럼(1차) | 수석교사 법제화 10주년 기념 컨퍼런스』
https://www.youtube.com/watch?v=PHe770XJaVE&ab_channel=%ED%95%9C%EA%B5%AD%EC%88%98%EC%84%9D%EA%B5%90%EC%82%AC%ED%9A%8C

---

1) 『교육부 보도자료』
https://www.moe.go.kr/boardCnts/viewRenew.do?boardID=294&boardSeq=93422&lev=0&searchType=null&statusYN=W&page=1&s=moe&m=020402&opType=N

2) 『위키피디아 백과사전, 수석교사, 교사』
https://ko.wikipedia.org/wiki/%EA%B5%90%EC%82%AC

3) 『한국교육개발원 수석교사제 정착 과제』
https://www.kedi.re.kr/khome/main/research/selectPubForm.do

4) 『한국교육개발원 수석교사제 정착 과제』
https://www.kedi.re.kr/khome/main/research/selectPubForm.do

5)『삶의 지혜와 경험을 가진 선배시민인』
동양일보(http://www.dynews.co.kr)
http://www.dynews.co.kr/news/articleView.html?idxno=623786

6)『수석교사 역할 강화를 통한 수업·교육 전념 여건 조성』1차 포럼』
https://www.youtube.com/watch?v=avxWzj5yraU&ab_channel=%EA%B5%90%EC%9C%A1%EB%B6%80TV

7)『위키피디아 백과사전, 수석교사』
https://ko.wikipedia.org/wiki/%EC%88%98%EC%84%9D%EA%B5%90%EC%82%AC

8)『KTV 한국정책방송』
https://www.ktv.go.kr/content/view?content_id=292994

9)『교육부 보도자료』
https://www.moe.go.kr/boardCnts/view.do?boardID=294&lev=0&statusYN=W&s=moe&m=0204&opType=N&boardSeq=34572

10) 초·중등교육법 - 국가법령정보센터』
https://www.law.go.kr/%EB%B2%95%EB%A0%B9/%EC%B4%88%C2%B7%EC%A4%91%EB%93%B1%EA%B5%90%EC%9C%A1%EB%B2%95